그대 재 넘어가오!

그대 재 넘어가오!

초판 1쇄 인쇄 2012년 08월 06일
초판 1쇄 발행 2012년 08월 13일

지은이 | 김 방 호
펴낸이 | 손 형 국
펴낸곳 | (주)에세이퍼블리싱
출판등록 | 2004. 12. 1(제2011-77호)
주소 | 153-786 서울시 금천구 가산동 371-28 우림라이온스밸리 C동 101호
홈페이지 | www.book.co.kr
전화번호 | (02)2026-5777
팩스 | (02)2026-5747

ISBN 978-89-6023-945-6   03810

에 세 이 작 가 총 서 4 3 0

상담하는 법조인 **김방호**의 가슴 따뜻한 이야기

그대 재 넘어가오

김방호 지음

ESSAY

머리말

'그대 재 넘어가오!'

우선 제목부터 설명을 해야겠다.

그대는 작가인 나이자 독자인 여러분이다.

재는 우리 사회가 안고 있는 가족 문제, 교육 문제 등 해결하고 넘어야 할 대상인 고개이다.

'넘어가오?' 가 아니라 '넘어가오!' 이다. 다시 말해서 의문문이 아니라 권유 및 명령문이다.

작가는 이 소통의 공간을 통해 자신과 독자로 하여금 우리가 안고 있는 가족 및 교육 문제를 풀어 갈 것을 간절히 희망하면서 권유하고 명령한다.

솔직히 이 책엔 인생의 긴 여정을 통한 삶의 통찰이 담긴 지혜가 있는 것도 아니고 철학, 문학, 상담학 등 전문적인 인문 지식이 있는 것도 아니다.

공직생활을 통해 만난 가슴 아픈 사연들 속에서 함께 고민하고 몸부림쳤던 일들을 회상하면서, 그것들을 철학적·문학적 상담 접근 방법으로 재구성한 것에 불과한 보잘것없는 글이다.

혼자서 새벽에 자판을 두드리다 그냥 덮기를 반복하다가

수십 번의 망설임 끝에 출간의 만용을 부렸다.

작가는 법조인이면서 상담학을 전공하고 있다.

법과 제도 및 도덕규범이라는 궤도를 일탈한 사람들은 모두 다 아픈 상처들을 가지고 있었다.

단순한 법적 재단(裁斷)이나 조력의 한계에서 많은 갈증을 느꼈다.

그것이 상담학을 전공하게 된 배경이다.

상담은 내담자에게 참자아를 찾아 주거나

일상생활에서 적절한 삶의 대처 방식을 찾도록 조력한다.

이 책은

불혹을 넘어 인생 2막 준비를 하고 있는 작가 자신이 어떻게 살아야 할 것인지에 대한 스스로의 다짐이자 독자와의 약속이기도 하다.

황금 들녘과

보성강의 저녁노을을 보고 자란

산골 소년의 개똥철학을 통해

지금 우리 가정과 교육 현장에

"음?" 이라는 화두 하나를 던져 본다.

차례

제 1 장

커피 한 잔

커피 한 잔

유난히 창밖 햇살이 따사롭다.

제법 쌀쌀해진 늦가을 오후

썰렁한 사무실에 스탠드 불빛,

어지럽게 흩어진 사건 기록들.

여기저기 기록을 펼쳐 놓고 정리하던 중

문득 고개를 들어 시계를 보았다.

'아니, 시간이 벌써 이렇게 흘렀나?'

나의 하루 일상은 좀 색다르다.

저녁 8시나 9시가 되면 취침을 하고 주로 새벽에 일어나

나만의 시간을 갖는다.

좋게 말하자면 새 나라의 어린이지만

별로 재미없는 사람 중의 한 명이다.

토요일이지만 새벽 네 시 반에 사무실로 들어섰던

나를 사로잡은 것은

이복순 할머니의 며느리를 상대로 한 55억짜리 건물을 되찾는 일이었다.

벽시계가 열한 시를 가리키고 있다.

째깍 소리에 신경이 거슬려 고개를 들었다.

늘 집중에 한계를 느낄 즈음이면 째깍거리는 시계 소리에 핑계를 대고,

자리에서 일어나 커피를 마시거나 사탕을 먹는 기계적인 습관이다.

새로 산 셔츠의 실크 촉감을 만끽하면서

유리잔에 커피 믹스를 털어 넣고 따뜻한 물을 붓는다.

커피 물은 항상 같다.

절반이 약간 넘게 물을 붓는다.

커피 향은 사람을 사색에 빠져들게 하는 마력이 있다.

따가운 햇볕 아래서 커피 열매를 따는 수많은 이들의 사연을 담고 있기에,

아마도 커피는 우리를 사색하게 하고 철학하게 하는지도 모른다.

한 모금 마신다.

입안에 번지는 프림의 부드러움과 후각을 자극하는 향이

긴장을 풀어 준다.

'왜 이 의뢰인은 이토록 며느리에 대해 화가 나 있을까?

칠순의 노인답지 않게 이성적이고 합리적인 의뢰인이

베이징에 살던 딸이 교통사고로 사망한 사건에 대해

아무런 책임도 인과 관계도 없는 며느리에게

그 화살을 돌리는 이유는 무엇일까?'

며느리 명의로 된 건물을 되찾아오는 방법은 그리 고민할 일이 아니었다.

명의신탁법리에 따라 소유권을 회복하면 그만이었다.

하지만 나는 이 의뢰인의 가정에 좀 더 가까이 다가가 보고 싶었다.

솔직히 지켜 주고 싶었다.

아들과 며느리는 아직도 서로 사랑하고 헤어질 마음이 별로 없어 보였다.

의뢰인이 문제인 것 같았다.

요즘 젊은 부부의 이혼이

주변 사람들의 성화에 못 이겨 이루어지는 것을 쉽게 목격한다.

안타까운 일이다.

세팅된 공간에

프로그램화된 삶을

살지 않으면

부모들은 못 견딘다.

그리고 삶을 잘못 산다고 평가하고

무슨 수를 써서라도 둘을 갈라놓는다.

그들은 이미 성숙하고 독립된 인격체이기를

대부분 포기하며

해주는 대로,

해야 한다는 대로

대학을 나오고,

직장을 다니고

결혼을 한다.

그것이 당연한 것처럼.

이미

편하게 살아가는

방식에 길들여져 있다.

이혼도 당사자 둘에겐 아무런 결정권이 없어 보인다.

커피를 마시며 의뢰인이 요구한 사항을 요약한다.

아들과 며느리의 이혼

손자의 양육권

면접 교섭권 최소화

건물에 대한 소유권 회복

위자료 최소화.

의뢰인이 나를 찾아온 건
양동이로 물을 퍼붓듯이 비가 내리던
한 달 전이었다.

유난히도 긴 여름 장마였다.
장마철이라 상담을 오는 손님이 없고 한가한 날이었다.
옆 건물의 백 변호사가 중국을 다녀오면서 사온 보이차를 맛보기 위해
마실을 갈 참이었다.
그때였다.
힘없이 사무실 문을 열고 온통 비에 젖은 할머니가
초췌한 모습을 드러냈다.
"어떻게 오셨어요?"
아무 말이 없었다.
"무슨 일로 오셨냐구요?"
박 실장이 짜증 섞인 목소리로 말을 이었다.
"요즘 우리도 장사 안 되니까 그냥 가세요."
사무실에 구걸하는 사람들이 종종 오는데
영업이 잘되던 호시절에야 몇 푼 줘서 보냈지만
요즘 같아선 부담도 되거니와 짜증이 나는 모양이다.

아무 대꾸도 없었다.
그냥 한숨만 깊게 쉬고 있었다.

마실에 한껏 들떠 사무실을 나가려다 발걸음을 멈추었다.

"할머니, 무엇을 도와 드릴까요?"

"아가씨, 물 한 잔만 주세요."

그녀는 내 물음에는 대꾸도 하지 않고

물을 한 잔 달라고 주문했다.

사무실 분위기는 조금 전과 달리 이상한 기운이 돌기 시작했다.

주도권이 이미 할머니에게 넘어간 것 같았다.

여직원이 물을 갖다 주자

그녀는 물을 벌컥벌컥 들이킨 다음 한 잔을 더 주문했다.

물을 마시는 것이 아니라

가슴속에 있는 불덩이를 식히려고 물을 붓는다는 표현이 맞을 것 같다.

"잠깐 앉으실래요?"

"아니요, 변호사님과 직접 상담하고 싶어요."

"변호사님과 직접 상담하면 상담료가 나가는데요."

"상담료? 상담료요?"

"예."

"무료 법률 상담소라고 쓰여 있던데요."

할머니는 퉁명스럽게 불만 섞인 말투를 던졌다.

"사안의 경중을 따져 제가 먼저 상담을 하고,

경우에 따라 변호사님의 자문이 있을 경우 소정의 상담료를 요구합니다."

박 실장이 말을 이으려 하자 할머니가 말했다.

"좋아요, 상담료를 지불하죠."

그 광경을 지켜보던 나는

그녀의 당돌함에 발걸음을 돌려 변호사실로 안내했다.

"이쪽으로 오세요, 제가 변호사입니다."

그녀는 가방에서 손수건을 꺼내 빗물을 닦으면서 나를 뒤따랐다.

"앉으세요. 차 한 잔 드릴까요?"

"아닙니다."

"무슨 일인가요?"

한동안 아무 말이 없었다.

그녀는 깊은 한숨만 쉬었다.

"할머니, 천천히 말씀해 보세요."

갑자기 그녀는 고개를 떨구고 울기 시작했다.

그녀는 자식 문제에 대하여 많은 심적 고통을 겪고 있다고 했다.

한참 후에 말문을 열었다.

여느 때 같으면 다음에 한번 찾아와 줄 것을 주문하고

자리를 떨치고 일어나 버렸겠지만,

왠지 비도 오고 손님도 없을 것 같아

무작정 한번 기다려 보기로 했다.

"따뜻한 커피 좀 주세요."

인터폰으로 여직원에게 커피 두 잔을 주문했다.

밖에는 비가 시원스럽게 내리고 있었다.

세상의 모든 더러운 것들을 쓸어내리고 있었다.

유리창을 때리는 빗방울 소리,

거기에

커피 한 잔.

사색하기 딱 좋은 조건이었다.

상대방의 고민을 듣고

모든 것을 해결할 수 있는

꽤 능력 있는 사람인 양 나는 소파에 비스듬히 앉아 다리를 꼬았다.

하지만 변호사라는 직업은 결코 그런 자리가 아니다.

문제를 푸는 당사자 옆에 있는 과외 선생님에 불과하다.

상담자 역시 마찬가지다.

그런데 마치 해결사마냥

전지전능한 신처럼

가끔씩 오만을 떨었다.

상대방은 칠순을 훌쩍 넘겼고

깊게 패인 주름살이 진한 파운데이션을 헤치고 나와

세월의 장구함을 보여줬다.

아이라인을 짙게 그린 화장이 아름다움보다는 추함을 더했다.

젊었을 적

꽤나 아름다운 미모를 가진 신비의 미망인으로

중년들의 가슴을 흔들어 놨을지도 모르지만

세월은 그녀를 가만두지 않았다.

'참 어울리지 않는 진한 화장이군.'

그런 생각을 하며 나는 상대방의 첫 인상, 태도 등을 유심히 살폈다.

그것이 상담자가 해야 할 첫 번째 일이다.

"편하게 말씀하세요. 저는 상담학을 전공했어요.

법적인 문제든 아니든 간에, 고민을 해결하는 데

어느 정도 도움이 될 겁니다."

"그래요?"

눈물을 훔친 그녀는 상담학을 전공했다는 말에

일단 말문을 트기 시작했다.

"저는 2년 전에 교통사고로 여식을 저 세상으로 보냈습니다.

사고가 나기 하루 전에 김치를 가지러 오겠다며 전화한 것이

녀석과의 마지막 대화입니다.

어떻게 이렇게 어미를 혼자 두고 갔으면서도 꿈에도 나타나지 않는지,

참 독한 여식입니다."

또 한참 동안 말문을 열지 않았다.

"거의 매일매일 여식한테 갑니다. 그래야 숨을 쉴 수 있을 것 같아서요."

무슨 말을 하고 있는지 나는 집중했다.

그래야 쟁점을 빨리 잡고 상담 시간을 최소화할 수 있기 때문이다.

'교통사고에 대한 법적인 문제를 상담하러 온 것인가?'

속으로 생각했다.

"저는 혼자서 여식과 아들을 키웠어요. 일찍 남편을 보냈지요.

아들과 다르게 여식은 속을 한 번도 썩여 본 적이 없었어요.

여식은 학교 다닐 때도 장학금을 받고 다녔어요.

S대 영문과를 나오고 통역사로 일하다가

외교관 사위를 만나 결혼을 했고,

중국 주재 대사관에서 살다가

교통사고를……, 교통사……고를 당했어요."

또 감정이 그녀를 지배하기 시작했나 보다.

정리를 해야 했다.

"할머니, 조금 진정하시고 상담하는 것이 좋을 것 같아요.
따님의 교통사고로 인한 법적인 문제인가요?"

눈물을 닦으면서 고개를 저었다.

"아닙니다. 제가 온 것은 아들의 이혼 문제입니다.
그 애는 죽어서도 저를 괴롭힐 위인이 못 됩니다."

"그럼 아들의 이혼 문제에 대해 말씀해 보세요."

그녀는 내 눈을 잠시 마주치더니

시원한 물 한 컵을 더 주문했다.

벌컥벌컥 마셨다.

아들을 생각하면 뭔가 분하고 억울한 게 많은가 보다.

다시 말문을 열었다.

"아들이 홀어머니에 누나 밑에서 오냐오냐 자라다 보니 아직도 어려요.
그렇게 결혼을 하라고 해도 듣는 척도 않더니,

어느 날 갑자기

어떤 여자를 집으로 데리고 왔어요.

근데 전혀 마음에 들지 않았지요.

몇 번 헤어지라고 요구했지만,

아들은 제 말을 듣지 않았어요.

그러더니 결국 며느리가 임신을 해서

할 수 없이 결혼을 시켰지요.

그런데 최근에 며느리가 이혼을 요구하고 있어요.

돈도 함께 요구하고요.

너무너무 억울해요.

없는 사실을 만들어 내서

저와 아들에게 무리한 요구를 하고 있어요.

분통이 터져 살 수가 없어요.

나를 상대로 이렇게 힘들게 하는 것은

힘들게 모아 둔 저의 재산인 빌딩을 빼앗기 위해서인 것 같아요."

"며느리가 소송을 제기했나요?"

"네, 아들을 상대로 이혼과 위자료 소송을 제기했어요.

평소에 티격태격하기에

둘 사이가 좋아질까 해서

며느리 이름으로 빌딩 명의이전을 해두었는데 돌려주지를 않네요."

"아드님도 이혼에 동의하시나요?"

"아닙니다. 그 못난 놈은……,

아무것도 할 줄 몰라요. 제 핏덩이 하나도 간수를 못 해요."

"손자가 있나요? 몇 살이죠?"

"다섯 살입니다."

"부부 문제를 할머니가 중간에 너무 개입하시는 건 아닌가요?"

"오죽했으면 그러겠어요?

며느리가 갑자기 아들을 상대로 이혼을 요구하고

빌딩을 처분하려고 부동산 중개소에 내놓은 사실과

아들은 속수무책으로 수수방관하고

술만 마시고 있다는 사실을

최근에야 알게 되었어요."

"빌딩에 대한 명의이전이 결혼 이전에 이루어졌나요?"

"아니요.

아들은 결혼 초기에도 며느리한테 끌려 다녔어요.

둘이 신혼인데도 삐걱거리는 것 같아

빌딩을 며느리 앞으로 해두었지요.

그러면 며느리가 아들 대하는 것이 좀 달라질 것 같아서요."

"며느리에게 빌딩을 준 것인가요?"

"준 것이 아니라 관리만 맡긴 것이지요."

"명의를 이전해 주었다고 하지 않았나요?"

"며느리에게 비록 명의를 이전해 주었지만

언제든지 다시 가져올 수 있다고 분명히 해두었어요.

제가 당시 법무사 자문을 구해서 등기를 이전해 주었어요."

"며느리도 이러한 사실을 알고 있나요?"

"물론이죠. 그년이 그런 사실을 모른다는 것은 말이 안 되지요."

"왜지요?"

"제가 명의를 이전해 줄 때

법무사, 아들, 며느리 앞에서

분명히 제가 소유권을 언제든지 다시 가져올 수 있다고 확인하고,

법무사도 법적으로 아무 문제가 없다고 했거든요."

"일전에 아들이 술 마시고 교통사고를 내서

상대방을 중상을 입힌 적이 있어요.

상대방 측에서 합의금으로 5,000만 원을 요구했는데

아들놈이 이 건물에 손을 대려고 하다가

저에게 혼쭐이 났거든요.

그 자리에 며느리도 함께 있었어요."

"그럼 며느리를 상대로 명의신탁 해지에 따른
소유권 이전등기 소송을 준비해야 될 것 같군요."
"수임료는 얼마나 되나요?"
"아드님의 이혼 소송에 대해서도 수임을 하실 건가요?"
"함께 해야겠지요."
"이혼 및 소가 55억 건물에 대한 소유권 이전등기 소송이지요?
 ……."
잠시 말을 멈추었다.
단순한 법률 상담의 관계에서
수임인과 위임인의 소송 대리 관계로 전이되는 과정은
수임료의 적정 여부가 중요한 요소가 된다.
법률 상담을 몇 시간 했다 하더라도
결국 수임료 때문에 위임 계약서를 쓰다 말고 자리를 뜨는 일이
다반사다.
이것이 이 바닥의 현실이다.
나 역시 이러한 경험에 매우 익숙해져 있다.

어릴 적 나는 대나무 낚시를 하곤 했다.
차라리 아무런 입질도 없으면 마음이라도 가볍다.
자리를 잘못 잡았나?
아니면 오늘은 물고기들이 다른 곳으로 이동했나?
그렇게 생각하면서 원인을 다른 곳으로 돌리면 된다.

그런데 실수로 서둘러 낚싯대를 올려 고기를 놓치거나
고기들이 입질만 하다가 가버린 경우에는
아쉬움이 많다.
짜증이 나기도 한다.
마음을 비우지 못했기 때문이다.
이 일도 다르지 않았다.

이 사건을 놓치고 싶지 않았다.
최근 석 달 동안 수임 사건이 없어서 사무실 운영비를
마이너스 통장에서 충당하고 있던 터라 더욱 간절했다.
나는 신중하게 입을 열었다.
"음, 이번 사건은 그렇게 어려운 작업은 아닙니다.
다만 이혼 소송에서 아드님의 태도가 분명해야 합니다.
아드님의 입장에 따라 다소 어렵게 진행될 수도 있거든요."
"손주는 누가 양육하기를 원하시나요?"
"물론 저희가 해야지요.
그놈은 그럴 위인이 못 돼요."
"여하튼 좋습니다.
저는 이 사건 수임을 위해 수임료 3,000만 원에 성공 보수조로 5퍼센트,
또는 수임료 1,500만 원에 성공 보수조로 10퍼센트를 받겠습니다."
베팅(betting)이 시작되었다.
이미 변호사실에 들어오는 순간부터 포커 판은 시작됐다.
서로를 탐색했다.
먼저 그녀가 패를 보였고, 비로소 나도 패를 보였다.

잠시 정적이 흘렀다.

"이길 수 있나요?"

"이길 수 있도록 해야죠."

"100퍼센트 이길 수 있나요?"

"승소를 확실하게 보장할 순 없습니다.

더욱이 한 쪽 당사자의 말만 듣고

승소를 100퍼센트 보장한다는 것은 솔직히 과장이지요.

사람은 자기 입장에서 자신에게 유리한 것만 이야기하거든요."

그녀가 맞장구를 쳤다.

"맞는 말씀입니다. 첫 번째 조건으로 계약을 하지요."

그녀는 이미 변호사 사무실 몇 군데를 쇼핑하고 온 후였다.

다른 사람들은 한결같이 승소를 확실하게 보장했다.

그런데 승소를 보장할 수 없다는 나를 그녀는 선택했다.

그 점이 더 신뢰가 갔던 모양이다.

"믿어 주셔서 고맙습니다.

최선을 다해서 이 사건을 진행하도록 하겠습니다."

인터폰을 통해

박 실장에게 수임 계약서를 부탁했다.

'이게 얼마만의 수임인가!

아, 당분간 사무실 운영비는 걱정 안 해도 되겠네.'

흥분된 마음을 가라앉히고

애써 의연한 척했다.

차분하고 당당한 모습을 통하여

의뢰인에게 신뢰를 줄 수 있도록 감정을 최대한 억제했다.

미리 마련된 표준 계약서에 위임인의 인적사항과 수임료,

성공 보수, 특약 사항을 기재한 후

마지막으로 도장을 찍었다.

수임 계약이 이루어졌다.

이제 그녀와 나는 한 배를 탄 동료가 되었다.

"지금 할머니는 따님을 잃었고

며느리로부터 배신당하고 있고

유일한 지지 자원인 아드님은 수수방관만 하고 있네요.

많이 힘드시죠?

초두에 말씀 드렸듯이, 저는 상담을 전공했어요.

제 판단으로는

대상 상실에 따른 혼란과

며느리에 대한 감정이 뒤엉켜 있어요.

우선 분리시키는 작업부터 해야 할 것 같아요.

감정분리 작업을 통해

애도 상담 절차도 함께 진행할 거예요.

회기는 모두 10회기로 진행할게요."

그녀를 보며 다시 확인했다.

"10번 정도 시간을 내야 하는데 가능한가요?

1회당 상담 시간은 60분으로 할게요."

그녀는 고개만 끄덕거렸다.

변호사가 상담 운운하니 의아한지 반신반의한 표정이다.

"상담 비용은 별도로 요구하지 않겠습니다.

다만 경우에 따라

슈퍼비전이 필요할 때는

거기에 드는 비용은 별도로 청구하겠습니다.

비용은 그리 많진 않을 겁니다."

사무실을 나가는 그녀의 뒷모습이 너무 힘겨워 보였다.

인간을 연민할 수 있다는 것은

신이 인간에게 주신 또 하나의 선물이기도 하다.

더욱이 상담을 한다는 것은

내담자가 털어 놓을 그들만의 비밀,

다른 사람과 한 번도 공유하지 못했던 비밀을

만나는 것으로서

아무나 누릴 수 있는 특권이 아니다.

가면을 벗어 던지고

화장 없는 민낯 얼굴

그대로의 모습을 통해

내게 다가올 또 한 사람의 진실과 비극을

기다린다.

그만의 비밀을 통해

나는 세상을 보는 또 하나의 눈을 얻게 될 것이다.

제 2 장
법복을 벗어 던지고

법복을 벗어 던지고

"아마도 제가 살아온 시간은 소설로 써도 될 거예요."
3회기 상담과 법률 자문이 시작되었다.
명문대 법대를 나온 남편은 고시에 실패하고 사업을 했다.
사업이 풀리면서 돈이 생기자
점점 술과 여자를 가까이 했다.
어느 날 그는 정성을 다해 다림질한 하얀 와이셔츠에
루주 자국을 묻혀 온 것을 시작으로
대놓고 외박을 했다. 아니, 계집질을 했다.
심지어 술에 취해 다방 아가씨를 집으로 데리고 왔다.
여식이 볼까 봐 제발 그 짓만은 말아 달라고 사정을 했다.
그러나 그는 여편네가 별것을 다 참견한다고
오히려 밤새 자신의 분이 풀릴 때까지 그녀를 두들겨 팼다.
너무 맞아서 기절하는 때도 있었다.
두 남매는 작은방 구석에 숨어서 큰방에서 들리는
모든 소리를 두려움에 떨며 생생하게 듣고 있었다.
어머니의 울음소리와
아버지의 고함소리,
거기에 젊은 여자의 짜증 섞인 혀 꼬인 음성······.
그러다 두 남매는 잠이 들었다.

긴 터널을 지나 다음 날 오후 늦은 시간이면

으레 큰방에서 인기척이 들린다.

그녀는 반숙 두 개를 얹고 굴비 한 마리를 구워

도리상을 부엌에서 큰방으로 연결되는 작은 문을 통해 넣어 주었다.

식사가 끝나고

다방 아가씨는 세수 대신 화장을 하고

양치질 대신 껌을 재잘거리며

아무런 일도 없었던 듯이

구역질나는 향수 냄새를 짙게 풍기며

궁둥이를 실룩이면서 사자 머리를 하고 집을 나갔다.

그 후에도 그년은 남편의 사업이 실패하고

병을 얻기 전까지 마치 제 집 드나들듯 드나들며

남편의 정기와 재물을 흡혈귀가 되어 줄줄 빨고 있었다.

그것이 또 그년의 생존 법칙이었다.

그녀는 9남매 중 막내였다.

친정이 부유하지는 않았으나 홀어머니는 끼니를 걸러 가면서

큰언니를 이화여자대학교에 보냈다.

막내인 그녀를 제외하고는

자식 모두를 소위 말하는 명문대를 졸업시켰다.

자식들은 모두 사회에 나가 제법 큰 역할을 해냈다.

그들은 늙은 어미의 훈장이요 자랑거리였다.

그러나

홀어머니는 부산에서 혼자 쓸쓸히 노년을 맞이하고 있었다.

자식들은 바쁘다는 핑계로 일주일, 한 달, 석 달

결국은

추석과 설 명절에나 목소리를 들려주었다.

"죄송해요, 바빠서 못 내려가 뵙네요.

건강하시고, 다음번엔 꼭 다녀갈게요."

똑같은 멘트로 수년이 흘렀다.

한결같은 자식들의 전화 한 통화와

수협 통장으로 계좌 이체된 제법 큰 액수의 용돈이 고작이었다.

그것이

끼니를 걸러 가면서 뒷바라지한

어미에게 해줄 수 있는 자식 된 도리의 전부였다.

막내로서

그런 어머니를 지켜보았던

그녀는 항상 '나는 어머니에게 잘해 드려야겠다.'고 생각했다.

어린 그녀는 벌써 애늙은이가 되어 있었다.

어머니는 그녀에게

"우리 착한 막내는 안 그럴 거지?" 하며

귀에 딱지가 붙을 정도로 각인을 시켜 놓았다.

결혼 초기

남편의 고시 공부와 사업 실패로 형편이 어려웠다.

힘들고 어렵게 살았지만

그녀는 늘 가까이서 정성을 다해 어머니를 보살펴 드렸다.

그런 그녀를 천사라고 불렀다.

그녀는

꺼이꺼이 울었다.

어깨를 들썩이며 긴 한숨과 함께

'어머니'라는 단어에 감정이 북받쳐 올랐나 보다.

그냥 내버려두었다.

상담에 있어서 우는 작업도 의미 있는 작업 중의 하나다.

끝까지 시원하게 울다 보면

그 울음의 끝자락에 보이는 감정이란 놈이 나타난다.

슬픔

기쁨

분노

그놈들이 스멀스멀 기어 올라와

이성과 조우한다.

인간의 의식은 감정에서 시작된다.

이성이 눈뜨기 전까지 감정의 지배를 받는다.

기본적인 욕구의 충족 여부에 따라

기쁘거나 슬프거나 화가 나 있다.

배가 고픈데 젖을 주지 않으면

배고프고

슬프고

화가 나

운다.

시간이 지남에 따라

울음소리의 크기, 음색이 달라진다.

말 못 하는 아기는 감정을 울음으로 표현한다.

그러다 교육을 통해 감정이란 놈은

이성이라는 거대 괴물에 짓눌려 질식하고 만다.

그러나

감정의 원초적 뿌리는 항상 생명이라는 근원에 자리 잡고 있다.

나 역시 상담을 알기 전

감정이라는 놈을 대수롭지 않게 여겼다.

그러나 인간의 기본적인 보잘것없는 감정들이

인간을 때로는 잔인하게

때로는 처절하게

아니, 인간이 아닐 정도로 만들 수 있는

진정한 거대 괴물의 태반이 될 수 있음을 알게 되었다.

상담을 시작했다.

변호사이자 동시에 상담자로서 작업이 시작되었다.

대개의 변호사라면

이러한 가정사는 듣지 않는 것이 일반적이다.

많은 시간을 소요할 뿐만 아니라

소송 진행에 있어 아무 의미가 없는 작업이기 때문이다.

그러나

상담에 있어서 이 작업은 핵심적인 작업이다.

법조인만큼

사회병리 현상을 많이 다루는 직업도 흔하지 않다.

이혼 상담의 경우

파탄에 이르게 된 원인을 분석하고

이를 위자료로 산정하고,

재산 형성의 기여도를 파악하여

재산 분할 비율을 산정해서

한 푼이라도 더 받아 주는 것만이 능사가 아니다.

파탄에 이르게 된 원인을 분석하고

당사자의 아픔을 공유하고

서로에게 낸 마음의 상처를

치유할 수 있다면

굳이 이혼이라는 극단의 처방이 아니어도 되지 않을까.

이것이 더 의미 있는 작업이지 싶다.

아니, 더 큰 소명일 수 있다.

그것이 내가 이 길을 걷는 이유이기도 하다.

법률 서비스와 전문적 상담이 병행될 때

병리적·실존적 문제로 인한

상처 치유를 통하여

재결합이 얼마든지 가능하기 때문이다.

공직에 있는 동안

사건들을 통해 만난

그들의 상처를

법조인의 한 사람으로서

단순한 법적 재단사가 아니라,

함께 고민하고 치유하는 자로서 그 일에 동참하고 싶었다.

대학 입시,

고시 공부는

나를 제법 쓸만한 법조 기술자로 만들었다.

하지만 그것은 잘 포장된 헛것에 불과했다.

어떻게 하면 근본적인 치유가 가능할까.

목말랐다.

그러나

한 인간의 상처, 사회적 문제에 대해 내가 할 수 있는 것은

아무것도 없었다.

아는 것도 없었다.

인간에 대해서 알고 싶었다.

결국 나는 작성 중이던 법학 석사학위 논문을 접고

다시 인문학 공부를 시작했다.

그리고

인문 대학원에 진학해

본격적으로 상담에 관련된 공부를 했다.

그것이 상담과 나의 인연이다.

인간에 대한 근본적인 치유에 대한 고민은

결국 인간에 대한 근본적인 질문과 연결되어 있었다.

그것이 바로 철학 상담이다.

사실 현대 철학은

전문가용 기술 용어들로 이루어진 구성물 같다고 지적한

피에르 아도의 말처럼,

오늘날 철학은

학자들의 전유물로 간주되고

일반인은 감히 접근할 수 없는

지극히 사치스럽고 고고하고 도도하기 짝이 없는,

우리 삶의 현장과는 거리가 먼

추상적인 논리적 사유의 결과물로 간주되고 있다.

상담은 인간에 대한 근본적인 이해를 전제로 할 때 가능하다.

철학만큼 인간에 대한 근본적인 물음에 질문하고 답한

오랜 역사를 가진 학문도 없다.

그러기에 상담에 있어서 철학은 자양분일 수밖에 없다.

플라톤의 이데아, 스피노자, 니체의 사유

근대 과학의 발달과 문명마저도

현대 사회 속의 복잡한 인간을 치유할 수 없는 한계에 이르렀을 때,

한계상황 내지는 실존적 위기에 봉착했을 때

우리가 눈을 돌려야 할 곳은

바로 태곳적부터 이루어진

현자들의 근본(arche)에 대한

고민과 결론, 즉 철학적 결과물에 주목하는 것은

어쩌면 당연한 귀결일지도 모른다.

요즘

루 매리노프의 『 철학으로 마음의 병을 치료한다 』라는 책에

푹 빠져 있다.

철학은

본래 참다운 삶을 찾기 위한 사유의 도구이자 기술이었다.
단순한 학문상의 과목이 아니었다.

19세기 들어와서
철학은 상아탑 깊숙한 곳에 틀어박혀
이론적 통찰은 가득하지만 실제적 실천은 별로 없는
가분수의 꼴이 되어 버렸다.
철학 실천 운동은
이에 반기를 들고
1980년 독일 게르트 아헨바흐로부터 시작되어
1990년대에 들어와 북아메리카에도 퍼졌고
오늘날 실천철학 파를 형성했다.
이들은
"인간의 존재 조건을 깊숙이 들여다본
태곳적 지혜를
먼지 낀 도서관 서가에서 끌어내려
먼지를 턴 다음
삶의 고통에 빠져 있는
우리들 손에 놓아 줌으로써
스스로가 고통으로부터 벗어나
새로운 삶의 평온을 맞이할 수 있도록 도와야 한다."고
말하고 있다.

사실

상담을 제대로 이해하기 전에는
상담이란 것을
시간과 돈을 가진 여유 있는 자의
사치스런 전유물이라고 여겼다.
그런 나를 변화하게 한 계기가 있었다.

피해자의 아버지가 법정에 칼을 품고 들어온 사건이었다.
휴가를 나가 거리를 배회하던 피고인은
편의점 아르바이트를 마치고 귀가하던 열아홉 살 여대생을
택시에서 내리자마자 주먹으로 턱을 가격해서
정신을 혼미하게 한 다음
여관으로 데리고 가
폭행·협박하여 성폭행했다.
일명 '뻑치기' 사건이었다.
피고인은 검찰 단계에서부터
자신은 "피해자와 합의하에 모텔에 간 것이고
전적으로 상호 동의하에 이루어진 것이다."라고
범행 일체를 부인했다.

검찰은 피해자 여대생을 증인으로 신청했다.
주심을 맡았던 나는
피해자를 증인으로 법정에 출두시켰다.
그 과정에서
피해자의 아버지는

신문지로 둘둘 만 식도를 가슴에 품고

법정에 진입하여

여식과 대질하는 과정에서

피고인을 죽여 버리겠다고 난동을 부렸다.

하나밖에 없는 여식을

평생의 낙으로 삼으면서

시체를 다루며 염을 해주는

장의사로 일해 왔던 그는

이 사건으로 인해 실신하고 식음을 전폐한 부인,

사건 당시의 폭행으로 인한 턱 수술로

평생 일그러진 얼굴로 살아가야 하는 딸의 모습

등으로 인해서 이성을 상실한 상태였다.

당시 재판을 진행했던 나는

그저 개호병에게 이를 저지시킨 뒤

"법정을 소란하게 할 경우 감치 명령을 내릴 수밖에 없습니다."라고

엄포를 놓고,

그가 지켜보는 가운데

피고인을 최대한 엄하게 다루고

법이 허용하는 최고의 법정형을 선고하는 일이 고작이었다.

사실

법복을 벗어 던지고

뺨이라도 한 대 갈기고 싶을 정도로 피고인은 인면수심이었다.

그러나 참아야 했다.

지성인이기에,

그리고 법조인이기에

권위는 존중되어야 한다.

비록 권위주의는 타파되어야겠지만

사법부의 권위

그것은 우리 모두가 지켜야 한다.

법조인은

그래서 외롭고 지독하게 고독한 직업을 가진 사람이다.

쉽게 입을 열어서도,

함부로 행동해서도

안 된다.

법조인이기에

아무것도 할 수 없었던

무능한 나 자신이 너무 초라해 보였다.

평생 쌓아 온 모든 것이

다 무너져 버렸다는

피해자 아버지의 피눈물 맺힌 하소연에 속수무책이었다.

그나마 내가 할 수 있었던 유일한 일은

한 맺힌 피해자 아버지의 넋두리를 들어 주는 것이었다.

생소한 상담의 길로 들어선

배경이기도 했다.

여러 해 전부터 나는

상담과 관련된 분야를 공부했다.

변호사로 활동하면서

더더욱 상담에 큰 의미를 두고 있다.

'내가 진작 에픽테토스를 알았더라면,

아니, 실천철학을 하는

철학 카운슬러(counselor)의 존재를 알았더라면

좀 더 다른 방법으로 그 사건을 성숙하게 해결할 수 있었을 텐데……'

탄식하곤 했다.

여식의 순결이 무참히 짓밟힌 사실은

이미 벌어진 일이었다.

그것은 지우고 싶고 그 이전으로 되돌리고 싶지만 도리가 없다.

짐승만도 못한 그놈을 죽일 수도 없다.

그러나 그 일이 있기 전이나 있은 후나

딸을 사랑하고 아끼는 아비의 심정은 변함이 없다.

그것이야말로 정말로 소중하다.

비록 강간범이라고 할지라도

가족 스스로가 그것을 내팽개치지 않는다면

아무도 그들로부터 그것을 빼앗을 수 없다.

이 단순한 사실이 지혜요 삶의 기술이다.

이를 통해

그들이 삶의 통찰을 거쳐

좀 더 성숙하게 문제를 접근할 수 있도록 도움을 줄 수 있었을 텐데.

제 3 장

어디로 가고 있는가?

어디로 가고 있는가?

"이번 주엔 얼굴이 밝네?"

피식 웃는 것이 녀석의 답례였다.

그것도 녀석의 기분이 좋을 때만 볼 수 있는 표정이다.

녀석과의 첫 만남 40분은 두 마디 대화가 고작이었다.

"안녕?"

"……."

정적이 흘렀고

아무런 말도 오가지 않았다.

그냥 그게 편할 것 같아 나도 아무 말 없이 기다려 주었다.

멘토링(mentoring) 시간이 지나갔다.

"시간이 벌써 다 되었네. 반가웠어. 나중에 또 보자."

"네……."

희망이 있었다.

나중에 보자는 말에

분명히

"네"

라고 했다.

가슴이 콩닥거렸다.

녀석을 처음 만난 곳은

안양에 있는 '청소년 돌봄 센터'이다.

녀석은 몇 번의 가출과

그때마다 숙식을 마련하기 위해 절도 행각을 벌인

화려한 전과를 가지고 있다.

녀석은 아버지의 얼굴만 기억하고 있다.

초등학교 3학년 때

부모는 이혼을 했다.

그도 법원이라는 곳을 가보았다.

복도에서 엉엉 울었던 기억이 있다.

제기랄, 그 복도가 이젠 제법 친숙하다.

서로 키우겠다는 양육권 분쟁이 아니라,

네가 키우라고 서로 아이를 밀쳐 내는 상황에서

어린 녀석이 어찌할 바를 몰라

그만 엉엉 울어 버린 것이다.

두 사람은 서로 욕을 하면서 헤어졌다.

녀석은 엄마의 손을 잡고 있었다.

만남의 설렘만큼은 아닐지라도

헤어짐의 홀가분한 심정도 꽤 큰 감정이다.

부부의 인연으로 얻은 삶의 상처를

보다 숙연하게 되돌아보고

좀 더 예를 갖추어 이혼을 한다면

그 또한 좋은 친구 하나를 얻는 것 아니겠는가.

결혼식만큼이나 이혼식도 큰 의미가 있다.

그런데 끝장을 보면서 헤어진다.

다시 만나기 싫은 상대방이 된다.

그래야 분이 풀리는가 보다.

그로 인해 서로가 헤어지는 순간까지도

또 다른 깊은 상처를 준다.

회복할 수 없는 관계가 된다.

정말 일본의 새로운 풍속처럼 우리도 이혼식을 해야 할 모양이다.

녀석은 초등학교 4학년 때부터 수영에 두각을 나타냈다.

혼자가 된 그의 엄마는 녀석에게 모든 에너지를 쏟아 부었다.

녀석과 그녀는 매일 수영장엘 갔다.

그곳에서 수영 코치 박 선생을 만났다.

그는 서른 후반의 나이였지만,

몸매는 이십대의 근육과 매끈한 피부를 가졌다.

코치는 한 달에 한 번 꼴로 엄마들이 마련한 향연에 초대되었다.

엄마들이 번갈아 가며 부담했다.

지난달에는 기태 엄마가 보신탕을 냈다.

이번엔 녀석의 차례였다.

정확히 표현하자면 녀석의 엄마 순서였다.

경쟁이라도 하듯 그들은 미쳐 있었다.

말고기를 먹으러 갔다.

"말고기가 남자들 거기에 그렇게 좋답니다. 선생님, 많이 드세요."

기태 엄마가 박 선생 옆에 바짝 붙어 있다.

박 선생의 접시에 말고기를 듬뿍 올려놓았다.

식사를 마치면 그들은 으레 노래방으로 향했다.

그 자리엔 언젠가부터 꼭 학생주임과 교감이 합석했다.

그들은 질펀하게 또 하루를 보냈다.

그녀들이 학부모라는 사실을 까맣게 잊고 있었다.

그녀들은 노래방 도우미였다.

가슴이며 허벅지며 손이 닿는 곳이면 어디든지 만졌다.

교감과 기태 엄마는 10분 동안 서로 얼싸안고 키스를 했다.

아무도 자신들의 행동에 대해 창피해 하지 않았다.

그 자리에서 있었던 그 질펀한 향연에 대해

모두 다음날이면

한결같이 술에 취해 기억이 없다고들 했다.

그래야 했다.

기를 쓰고 그렇게 해야 했다.

그래야 좋은 고등학교,

유망한 대학교 원서를 받아낼 수 있었다.

자식의 장래가 달린 문제였다.

녀석은 수영 코치와 엄마와의 관계가

보통이 아니라는 것을 본능적으로 직감했다.

그랬다.

둘은 가끔 수영장 부스에서 섹스를 즐겼다.

운동으로 좋은 대학을 가기란

공부를 잘해서 가는 것 이상으로 어려웠다.

감독의 권한이 절대적이었다.

감독의 말 한 마디가 아들의 운명을 충분히 바꿀 수 있는 구조였다.

박 선생은 그것을 미끼로

수영 선수를 희망하는 대부분의 엄마들을 대상으로 섹스 사냥을 했다.

때때로 들어오는 돈 봉투는 덤이었다.

그는 가슴 근육을 엄마들 얼굴에 가까이 갖다 대고

그녀들을 노골적으로 흥분시켰다.

"국주는 수영에 재질이 있어요.

곧 고등학교 원서를 넣어야죠?"

특히 혼자 사는 사람은 섹스 사냥의 첫 번째 먹잇감이 되었다.

아무런 죄의식이 없었다.

가끔씩 만나는 술자리에서

희생된 먹잇감은 좋은 안주거리가 되었다.

국주는 수영이 좋았다.

긴 숨을 멈추고 물살을 가르며

힘껏 나아갈 때 느끼는 시원함

그리고 성취감이 좋았다.

무엇보다도 숨을 멈출 때 세상 모든 일을 잊을 수 있고

물속으로 들어가

물 밖의 소리를 듣지 않아도 돼서 좋았다.

그날은 수요일이었다.

원래 수영장 문을 닫는 날이었다.

그런데 코치가 수영대회가 얼마 남지 않았다며

특별히 국주 녀석을 연습시켰다.

국주 엄마는 밤을 새며 음식을 정성껏 준비했다.

그 음식으로 셋은 맛있게 점심을 먹었다.

식사 후 엄마와 휴식을 취하다 국주는 잠깐 잠이 들었다.

30분쯤 흘렀다.

눈을 떴다.

점심 때 먹은 것이 탈이 났다.

배가 아팠다.

그런데 엄마가 자리에 없었다.

코치도 자리에 없었다.

어깨에 덮인 간이담요를 밀치고 자리에서 일어났다.

주위를 빙 둘러보았다.

아무도 없었다.

녀석은 우선 화장실부터 갔다.

토했다.

그리고 나서 발걸음을 부스로 옮겼다.

그런데 부스에서 둘이 그 짓을 하고 있었다.

더운 여름 날 들개들이 마을 어귀에서 그 짓을 하듯

여기저기 옷가지들이 널브러져 있었다.

당황한 국주는 엄마가 평소 아끼던 실크 스카프를 밟고 있었다.

그것은

녀석의 아버지가 엄마에게 유일하게 해준 선물이었다.

국주는 문틈으로 들려오는 소리에 숨이 막혔다.

하지만 확인을 해야 했다.

박 선생의 출렁이는 엉덩이가 보였다.

두 다리가 보였다.

녀석의 눈이 엄마를 찾았다.

엄마는 허리를 굽혀 박 선생의 섹스 사냥에 몰입하고 있었다.

그때였다.

눈이 마주쳤다.

녀석은 발을 움직일 수 없었다.

둘 역시 어쩔 줄을 몰랐다.

허겁지겁 옷을 추슬렀다.

국주는 고개를 떨구며 다시 화장실로 뛰어갔다.

한참을 토했다.

점심 때 먹은 것을 모두 토했다.

검붉은 위액이 나올 때까지

구역질을 해댔다.

세상의 모든 더러운 것들을

하나도 남김없이 토해 내고 싶었다.

그 후로 국주는 수영장에 나타나지 않았다.

방에서 나오질 않았다.

엄마와 눈을 마주칠 수 없었다.

아니, 마주치고 싶지 않았다.

결국 두 달 만에 녀석은 세상 밖으로 나왔다.

엄마와 약속했다.

수영장을 옮기고

다시는 그 짓을 않기로,

돈 봉투까지는 용인하기로 했다.

수영 선수가 되고 싶었다.

그러나 엄마의 몸을 팔아서까지 그것을 획득하고 싶진 않았다.

녀석은

남의 일인 양

담담하게 자신의 아픈 상처를 보여줬다.

'얼마나 힘들었을까?'

아무런 말도 할 수 없었다.

녀석을 힘껏 안았다.

담배 냄새가 몸에 배어 있었지만

따뜻한 심장이 뛰고 있었다.

"참 아픈 기억이구나."

말이 없었다.

녀석은 지금 종교단체에서 운영하는 대안학교에 다니고 있다.

내 제안을 흔쾌히 따라 주었다.

3주에 한 번씩 만남을 갖는다.

녀석은 요즘 전통 춤인 학무를 배우고 있다.

녀석과 한 시간 반을 함께 있다가

교정을 나왔다.

돌아오는 전철 안에서

신문을 펼쳤다.

"감사원 모 공업 고등학교 교사 무더기 고발 조치."

공업 고등학교 교사들이

학생들이 각종 기능대회에서 우승하여 받은 상금의 일부를

관행적으로 회식 명목으로 받아 써오다가

무더기로 적발된 사건이었다.

공업 고등학교는

주로 가정 형편이 어려운 학생들이 다니는 곳 아닌가?

어려운 환경을 극복하고 받아온 상금 중 거액을

반강제적으로 받아 자신들의 배를 채우다

감사원에 적발된 것이다.

그것이 우리 교육 현장이었다.

긴 한숨이 나왔다.

우리는 지금 어디로 가고 있는가?

제 4 장

나를 지킬 에너지

나를 지킬 에너지

미팅 시간을 정확하게 지켰다.

"안녕하세요?"

"네, 선생님."

"지금부터 우리는 한 시간 동안 상담을 진행합니다.

오늘은 할머니를 힘들게 하는 점에 대해 이야기를 나눠 보도록 하지요."

상담을 진행했다.

그녀가 말문을 열었다.

그동안 얼마나 이야기를 하고 싶었을까.

한 시간 내내 봇물을 퍼부었다.

인간은 자기 자신에 대한 이야기를 하고자 하는 욕구를 가지고 있다.

나 역시 이야기 속으로 들어가

그녀로 하여금 새로운 이야기를 이끌어 내도록 했다.

이야기를 한다는 것은

사건에 대해서 한 발짝 떨어진 객관적 입장에서

관찰하고 재구성한다는 의미이다.

이를 통해 감정의 구속으로부터 해방될 수 있다.

이야기를 통한 삶의 경험을 의미 있는 해석으로 구조화하여

새로운 자아를 찾게 해준다.

이것이 이야기의 치료적인 힘이다.

하나하나 꼼꼼히 상담일지를 작성했다.

1. 증상(정서 및 사고)

- 우울, 불안, 분노, 적대감, 피해망상

- 신체적 주 호소 : 위장 장애, 소화기관 장애, 불면증

- 우유부단, 부적절감, 불안정감, 열등감, 자기 처벌적

- 꼼꼼, 완벽주의적

2. 주요 욕구(자원) / (의존, 성취, 자율성 욕구)

- 성취 욕구

- 강한 의존 욕구

3. 환경 지각(중요한 타인에 관한 지각)

- 특이사항 식별 곤란

4. 스트레스 반응 방식(대처 전략 및 방어 기제)

- 스트레스 직면하면 공상과 백일몽

- 행동화 => 자책감, 죄의식 => 심한 행동 억제(반복)

5. 자기 개념(성 정체성)

- 정체감에 대한 심한 열등감

- 부정적 자기 개념

- 부적절감, 자기 비판적 사고

- 높은 기대 수준, 죄책감

6. 대인관계

　　- 기본적 사회기술 부족

　　- 사회적 고립

　　- 수동 의존적, 자기주장 못 함, 보호본능 유발

7. 심리적 자원/적응 수준

　　- 성취 욕구

8. 진단적 인상

　　- 우울, 강박 장애

　　- 의존성 성격 장애

　　- 수동-의존 형 인격 장애, 정신분열증 장애, 망상 형

9. 치료적 함의

　　- 심리치료 동기

　　- 우울/불안 =>약물치료

　　- 높은 자아 강도 => 치료 심리적 자원 제한?

　　- 합리화, 주지화, 스트레스 하에서 쉽게 포기

메모를 하면서도 그녀에게서 시선을 떼지 않았다.

행동 하나하나가

감정의 실타래를 풀 수 있는 중요한 단초가 될 수 있기 때문이다.

시간은 벌써 한 시간을 넘기고 있었다.

더 이상 계속 상담 작업을 진행할 경우

할머니가 에너지를 소진하고 실신할 수 있다고 판단했다.

내담자 스스로가 에너지를 고갈할 경우

상담 작업에 부담을 가져

상담을 쉽게 포기하게 된다.

"오늘은 이만할게요."

"음, 오늘이 목요일이니까, 다음 회기는 다음 주 수요일 오후가 어떤가요?"

"당연히 시간을 내야지요. 시간이야 인간이 만들어 낸 것 아닙니까."

"네, 좋습니다. 그럼 그때 뵐게요."

그녀가 자리를 떴다.

'시간은 인간이 만들어 낸 것이다.'

그녀의 말이 계속 나를 사로잡았다.

시계를 보았다.

오후 5시 30분.

책상을 정리했다.

오늘은 아빠를 그토록 찾는 두 꼬마 녀석들을 위해

시간을 내자.

'시간은 인간이 만들어 낸 것이다.'

"자식 자랑하면 푼수라고 할 수도 있지만

아들은 참 괜찮은 놈이었어요."

벌써 할머니와의 만남이 5회기가 되었다.

여기저기서 사위 삼으려고 선이 들어왔다.

매번 반대했다.

맞선도 거의 형식적이었다.

그러더니 38세 때 지금의 며느리를 데리고 왔다.

결혼식도 올리기 전부터

집에 와서 하루 종일 아들 방에서 지내다가 갔다.

혼인도 안 한 처자가 한밤중에 다니는 모습이 좋아 보이지 않았다.

솔직히 눈에 거슬렸다.

한번은 앉혀 놓고 집안에 대해서 물었다.

아버지는 안 계시고, 할머니 할아버지와 함께 지내고 있다.

아들과는 띠 동갑이었다.

유아교육과를 나왔는데 직장에 다니지 않았다.

몸이 아파서 그렇다고 했다.

아들은 헬스클럽 트레이너로 일했다.

사람을 상대하는 직업인데, 결혼 전부터 아들을 의심하고 닦달했다.

그게 일을 마치면 종일 아들 방에 있는 이유였다.

너무 아들에게 의존하는 것 같았다.

벌써부터 의부증이 심한 것처럼 보였다.

그녀는 며느리 될 아가씨가 전혀 마음에 들지 않았다.

아들에게 헤어지라고 했다.

그러던 어느 날 임신을 했다.

할 수 없이 결혼식을 올려 주었다.

아들 며느리에게 안방을 내주었다.

그녀는 현관 앞에 있는 방을 썼다.

이 나이에 좋은 방을 쓰면 뭐 하나 싶어서였다.

불편할까 봐 거의 매일 노인정에 나가 있었다.

청소며 음식도 다 해놓고 말이다.

임신한 며느리가 스트레스를 받을까 봐

최대한 조용조용 청소를 했다.

어느 날 그녀는

점심 식사 준비 때

며느리에게 밥을 푸라고 했다.

며느리는 아들 앞에다 먼저 밥공기를 놓았다.

버젓이 집안 어른이 보고 있는데도 자연스럽게 밥공기를

아들 앞에 놓았다.

해도 해도 너무했다. 기초, 아니 기본이 없는 사람이었다.

여태까지 해온 태도와 행동이 공주가 아니라 왕비였다.

시어머니가 아침밥을 차려 놓고 방으로 들어가면,

조용히 나와서 먹고 그대로 둔 채 방으로 들어간다.

점심때면

야간 근무를 하는 남편이 와서 주섬주섬 차려 방으로 가지고 들어가야

식사를 한다.

하루 종일 침대에서 애만 보고 있다.

참, 별나도 너무 별났다.

가르쳐야 했다.

"얘야, 너희 집에서는 밥을 아이들 먼저 주니?"

대답이 없었다.

그때부터 며느리는 눈을 깔고 다녔다.

그 태도에 가슴이 답답하고 눈물이 핑 돌았다.

그 상황에서 도저히 밥을 먹을 수가 없었다.

그녀는 노인정으로 나와 버렸다.

그녀는 아들의 태도를 보고 싶었다.

집에서 식사를 하지 않고

분식집에 가서 적당히 때웠다.

그러나 한 번도 아들은 그녀에게 식사했냐고 묻지 않았다.

오히려 오기를 부려 집안 분위기를 흐린다며 투덜거렸다.

어차피 며느리로 받아들이기로 한 이상

딸처럼 생각하고 지내기로 했다.

그러나 자꾸 삐걱거렸다.

거슬렸다.

밤새 일하고 온 아들이 부엌에 있었다.

내 집이다.

양심도 없는 놈들이

언제부턴가 집주인 행세를 한다.

조금이라도 기분이 상하면 분가하겠다고 소리 질렀다.

평생 외롭게 살아서

늙어서 손주 재롱이나 보며 살겠다는 것인데,

남편 복 없는 년이 자식 복 있을 리가 없었다.

며느리가 손주녀석을 출산 한 때였다.

그녀는 제일 좋은 산후 용품으로 산후 조리를 준비했다.

며느리가 친정에 가지 않겠다고 해서

조리원으로 아들과 함께 보내 주었다.

그런데 2주가 채 못 되어 집엘 오겠다고 하기에,

감기에 걸렸으니

이틀만 더 있다가 오라고 했다.

그런데 며느리는 기어이 핏덩이를 데리고 왔다.

감기가 심하게 걸려 몸을 추스를 수 없을 정도인데,

할 수 없이 손주 녀석에게 감기가 옮을까 봐 병원에 가서

영양제를 맞고

제일 독한 감기약을 받아 왔다.

마스크를 쓰고

천근만근의 삭신을 이끌고

젖이 잘 나오라고 돼지 족을 끓였다.

미역국을 끓이고

정성을 다했다.

삼칠일이 되던 날

삼신할머니께 미역국을 끓여 상을 차려 놓았다.

감기가 거의 다 나을 무렵

손주가 보고 싶었다.

처음으로 안방 문을 조심스럽게 열고 들어갔다.

"아범이 잠도 못 자고 해났데. 나와서 밥 먹어라."

그러자 누워 있던 며느리가 갑자기 벌떡 일어나더니 악을 썼다.

"초보니까, 초보니까 그렇지."

하고 울면서 미친개처럼 달려들었다.

그녀는 노인정으로 도망을 갔다.

누구한테 말할 수도 없는 일이었다.

그래서 철학관에 가보았다.

세 군데에서 모두 며느리가 신기가 있다고 했다.

태어나자마자 아버지가 죽고 무당이 될 운명이라고 했다.

그녀는 점점 그런 믿음이 갔다.

노인정에 있다가 그녀는 밤늦게 집에 들어갔다.

아들만 혼자 컴퓨터 앞에 앉아 있었다.

그녀를 보는 아들의 눈이 차가웠다. 아니, 매서웠다.

벌레 씹은 눈으로 보았다.

불쾌했다.

그러더니 집을 얻어 달라고 했다.

아들의 결혼생활 5년 동안

며느리와 함께한 것은 그 3개월이 다였다.

아들에 대한 배신감이 더 컸다.

며느리의 불손한 행동을 아들은 지켜만 보고 있었다.

"밖에서 일하고 온 남편에게 밥을 먼저 퍼놓을 수 있는 것 아닌가요.

그렇지 않더라도 귀엽게 봐줄 수 있는 것 아닌가요?"

오히려 며느리 편에서 그녀를 힐책했다.

"호로 자식 소리 듣지 않기 위해

저는 항상 아버지 자리에 앉아 있었어요.

평생 그렇게 살아왔어요."

그랬다.

그녀는 늘 어머니로서 안아 주기보다는

아버지 지위에서 엄하게 가르쳤다.

그래야 한다고 생각했다.

"자신의 완벽한 잣대를 다른 사람에게 그대로 들이대는 것 아닌가요?

상대방이 숨을 쉴 수 없을 것 같은데요."

"가정교육이 제일 중요하다고 생각해요. 기본이 중요하거든요.

처음부터 며느리는 제 스타일이 아니었어요.

다가갈 수 없는 사람이라는 것을 느꼈어요."

처음부터 그녀는 색안경을 끼고 있었다.

모든 것이 만족스럽지 못했다.

거기다 며느리조차 노력의 기미가 전혀 없었다.

오히려 발톱을 세우며 대들었다.

그렇게 둘은

점점 돌아올 수 없는 강을 건너고 있었다.

"할머니와 며느리 사이에 있는 아들의 심정은 생각해 보셨어요?"

"제가 무슨 말을 합니까?

제 여편네가 한 행동을 다 보고 있는데,

생각이 있으면 말을 했겠지요.

걔들과 말도 섞지 않고 함께 밥도 안 먹었어요.

할 말이 있으면 더 피해 버렸어요."

며느리로 인해 아들과의 소통이 막혔다.

대화가 단절된 지 오래다.

말은 단순한 도구가 아니다.

상대방과 내가 일치될 수 있는 소통의 길이다.

그 길로 사랑이 흐르고,

그 길로 증오가 흐른다.

"며느리를 진심으로 대했나요?
처음부터 결혼을 반대해서
형식적이고 가식적으로만 대한 것 아닌가요?"
"저도 며느리를 사랑하고 싶어요."
그녀는 가슴을 부여잡고 울기 시작했다.
"저도 그 애를 사랑하고 싶어요……."
정적이 흘렀다.
"자기네들이 배신하고 나갔는데, 제가 뭘 어떻게 하겠어요?
걔들에게 저는 제3자이고 남입니다.
이미 인간 이하의 것들인데…….
옛말에 부모의 가슴에는 부처가 들어 있고,
자식의 가슴에는 칼이 들어 있다 했어요.
내 자식이라 생각하고 주지 않았어요.
복 없는 연이어서
못 사는 나라에 기부하는 심정으로 줬어요.
맨날 손만 벌리더니,
마지막에 또 이렇게 크게 당하고 있네요."
그랬다.
자식에게 안방까지 내주었다.
그 대가는
모처럼 시어머니 혼자 사는 시댁에 오면
신발을 벗는 데 3분이 걸렸다.

집안에 들어오면 소파 구석에 앉아 고개만 숙이고 있었다.

불편해서 항상 그만 가라고 했다.

분가한 이후 시댁에서 차 한 잔 마셔 본 적이 없었다.

30분 넘게 앉아 있는 적이 없었다.

한 마디 말도 섞지 않고 그대로 앉아 있다가 갔다.

철없는 손주 녀석만 신이 나서 여기저기 돌아다니다 갔다.

다 퍼주었다.

이유는 단 하나뿐이다,

엄마라는 이유 하나만으로.

자신을 지킬 에너지가 없는 방전은 무의미를 넘어 어리석은 짓이다.

오늘 우리의 어머니들이 겪고 있는 오류 중의 하나다.

나를 지킬 에너지,

샘물처럼 퍼도, 퍼도 샘솟는다면 얼마나 좋을까.

유한한 인간은 한계가 있다.

그렇기에 자신을 지킬 최소한의 에너지를 남겨 두어야 한다.

자신을 지킬 에너지가 방전되면 결국은 흡혈귀가 되어

자신은 물론

타인의 삶도 망치게 된다.

분명한 귀결이다.

모든 일을 일방적으로 양보하고 희생하는 사람은

삶의 의미 상실로 인해 자기 정체성을 잃는 경우가 많다.

'현명한 이기주의자가 되라'는 달라이 라마의 철학,

'미덕으로서의 이기심'이라는 에인 랜드의 철학 속에서

자신이 안정되지 않으면 남을 도와줄 수 없다는

철학적 전망을 끌어올 필요가 있다.

"며느리 하나로 집안이 풍지박살 났어요.

억울하고 분한 마음을 어디 가서 하소연하지요?

지금 저는 눈물조차 말랐어요.

생각해 보면 딸의 죽음도 며느리 잘못 봐서 그렇게 된 것 같아요."

그녀는 몇 년간 이웃과 접촉하지 않았다.

모이면 자식 자랑이었다.

누구는 명문가 어디 집안과 사돈을 맺었고,

누구 아들은 명문대 조교수가 되었고

등등,

그러나

혼자 바동거리며 살아온

그녀에게

아들은 기대에 미치지 못했다.

그나마 그녀의 유일한 자존심이었던

중국에 사는 딸이 죽었다.

그녀는 그 사실을 받아들일 수 없었다.

받아들이기 싫었다.

지인 누구에게도

딸의 사망 사실을

알리지 않았다.

현재 자신의 모습을 드러내고 싶지 않았다.

딸이 교통사고로 사망한 이후부터

그녀는 사회와 단절되어 혼자 살고 있었다.

수도승이 되어

이 세상 사막을 외로이 방랑하고 있었다.

평소 길을 걷다가

혼자 허공에 대고 말하는 사람을 보면

웬 정신 나간 사람이 저러나 했었다.

미친 사람이라고 생각했었다.

그런데

언제부턴가 그녀가 그렇게 하고 다녔다.

길을 가다 말고 혼자서 중얼거렸다.

그래야 살 것 같았다.

그래야 숨을 쉴 것 같았다.

그녀 자신도

이러한 사실을

어떻게 받아들여야 할지

한편으로는 의아해 하면서

다른 한편으로는 무덤덤하게 받아들이고 있었다.

무엇보다

자신이

스스로가 너무 불쌍해 보였고,

그녀 속의 작은 아가가 너무 불쌍해 보였다.

'힘들지요. 그럼요.

죽도록 받아들이기 힘들 거예요.

그래도 기운을 내셔야 해요.

삶의 끈을 잡고 있어야 합니다.

아직은 딸을 보낼 마음이 없지요.

그래요, 좋아요.

조금 더 함께 있다가,

조금 더 있다가

아가가 마음이 편안해지면

보낼 준비가 다 되었을 때,

그때 보내도록 합시다.

우리 예쁜 아가를 다치지 않도록 함께 보살펴 줘야 될 것 같아요.'

나는 그녀로 하여금

정신과 치료를 받도록 권했다.

그녀의 상태가 별로 좋지 않았다.

정신과 치료와 함께

상담을 통한 치유를 병행하는

방법을 택하기로 했다.

그녀는 순순히 그렇게 하겠다며 따라 주었다.

나는 가톨릭대학교 성의 교정에 있는

정신과 전문의 홍만의 교수를 그녀에게 소개해 주었다.

딸의 묘지는 양주에 있는 천하 납골당 야산이었다.

그녀는 딸의 이름을 부르며

하루 종일 있다가

해가 질 무렵에야 돌아왔다.

2년 동안 한결같았다.

갑작스런 딸의 죽음으로 인한 충격,

대상 상실로 인한 정신적 혼란이었다.

사별에 따른 정신적·육체적 충격은

누구에게나 있다.

자연스런 현상이다.

그녀 역시

그 과정을 걷고 있을 뿐이다.

다만 그 터널이 조금 길고 어두운 것뿐이다.

도움이 필요했다.

애도 상담 전문가인

한국 상담대학원 대학교 이예성 교수에게 슈퍼비전을 의뢰했다.

그런 상황에서 며느리가 이혼 소송과

재산 반환을 거부하고 있다.

너무 억울했다.

분했다.

대상 상실에서 오는 혼란과

며느리에 대한 배신감과 증오가

감정 왜곡으로 나타났다.

며느리의 존재가

그녀의 목을 점점 조이고 있었다.

거기다 과거의 화려했던 시절과

현재의 비참한 현실이

그녀의 숨을 턱턱 막고 있었다.

명동에 있는 조희,

조선호텔,

그레이스 리.

그 당시 이름난 고급 미용실이었다.

한 가닥 한다는

고위급 하이클래스 마마님들을 소개해 주고

그 부류의 사람들과 교류했다.

소개 수수료를 미용실로부터 받았다.

꽤 많은 수입이었다.

평소 술을 못 마셨었다.

그런데 요즘은 밥 대신 막걸리를 조금씩 마신다.

밥알이 목에 넘어가질 않아

술로 곡기를 채운다.

술기운으로 버티고 있는 것이다.

부모는 자식을 위해서 어떤 희생이라도 기꺼이 감수한다.

결코 짐이라고 생각하지 않는다.

부부에게 찾아온 자식은

이 세상 전부요

삶의 의미가 된다.

당당하게 사회에 혼자 설 수 있도록

마음 졸여 가며 애지중지한다.

안간힘을 쓴다.

자신의 모든 에너지를 쏟아 고갈시킨다.

이러한 부모의 과잉 행동은
자신을 지킬 에너지만 남아 있다면
자식을 키우는 부모의 자연스러움이다.
문제가 없다.
그런데, 그렇지 않기 때문에 문제가 생기는 것이다.

그러나
자식은 부모에게 무슨 수를 써서라도 무언가를 얻으려 하기 때문에
부모를 늘 짐이라고 생각한다.
부당하고
억울하고
안타깝지만,
이것 또한 자연스러움이다.
부모와 자녀의 관계에는 시장 원리가 적용되지 않는다.
덧셈과 뺄셈의 수학 공식이 성립하지 않는다.
그것은 사랑의 공식이요,
생명 보존의 공식인
자연의 법칙이기 때문이다.
사실 자녀들도 그들의 자녀를 통해 똑같은 순환을 거칠 것이다.

자연의 섭리요,
신의 섭리가 아닐까.

그런데
그녀는 이러한 자연의 법칙을 한평생 온몸으로 실천했으면서도
머리로 이러한 사실을 받아들이지 못하고 있다.

모든 것을 다 준 아들이 자신을 홀대하고 짐으로 여기고 있다는 사실에,
아니, 그보다
하나뿐인 아들이
평생을 헌신한
자신보다 며느리를 더 앞세운다는 사실에
분노했다.
증오했다.
참 많은 것들이 왜곡되어 있었다.

나는 그녀에게 고향에서 보내온
녹차를 한 잔 권했다.
찻물에 찻잎이 우러나면서 원형을 찾고 있다.
왜곡되고 비뚤어진 그녀의 마음이
이 찻잎처럼
다시 원형을 되찾을 순 없을까.

제 5 장

왼손 엄지 위 사마귀

왼손 엄지 위 사마귀

"계세요?"

중년의 신사가 먼저 들어오고

30대 중반으로 보이는 한 여인이 뒤따라 들어왔다.

"상담이 가능한가요?"

"물론입니다."

"주말이어서 문을 여는 데가 별로 없던데,

마침 불빛이 보여 들어왔습니다."

"아, 네. 잘 오셨습니다.

저도 오전에 미팅이 있어서 나왔다가 막 들어가려던 참이었어요."

솔직히 요즘 같으면 손님만 있다면

주말이라도 나와야 했다.

사무실 임대료를 걱정해야 할 판이었다.

매년 수천 명의 변호사가 쏟아지는 시장에서 살아남기 위해서는

찬밥 더운밥 가릴 때가 아니었다.

자연스럽게 수임료가 절반 가까이 떨어졌다.

영세업자는 문을 닫아야 할 판이었다.

변호사 자격증을 가진 택시 기사를

우리나라에서도 곧 만날 수 있을 것 같다.

매년 쏟아지는 변호사 인력이

앞으로 어떻게 시장을 변화시킬지 예측을 못 하고 있다.

언론에서는 사법 연수생을 대상으로

6급채용 공고가 나왔다며 떠들고 있다.

그만큼 취업 전선이 치열해진다.

기업에서도 대리나 일반 직원으로 채용하면서

자격증을 소지한 자 정도로 우대하고 있는 실정이다.

국민의 법률 서비스를 증대시키고

고시 낭인을 줄이고

고급 인력의 효율화를 모토로 도입되었던 로스쿨 제도는

당분간 모두가 산고의 고통을 겪어야 할 것 같다.

씁쓸한 면도 있다.

법학 전문 대학원의 고비용은 신분의 고착화 현상을 초래했다.

의사,

교수,

정치인이라는

전문 영역은

재력가가 평정한 지 오래다.

의사 집안에서 의사가 나오고

교수 집안에서 교수가 나오듯이

돈이 신분을 만들고

신분이 돈을 낳고

신분이 신분을 만들었다.

그래도 사법부의 권위는 감히 건들지 못했다.

그러나

돈의 위력은 대단하다.

조용한 투쟁과 협상을 통해

그들은 사법 개혁이라는 화두를 시작으로

마침내 법조계마저도

그들의 시스템 안으로 끌어들였다.

이제 법조인이라는 전문 영역도

돈이 아니면

감히 넘볼 수 없다.

슬픈 세상이다.

돈!

요즘은 사무실 고정 비용으로 인해 월말이면 피가 마른다.

둘은 소파에 조심스럽게 앉았다.

점잖아 보이는 이 두 사람은 무슨 관계일까?

흔히 말하는 로맨스치고는 나이 차이가 너무 나고……,

몇 초 사이에 수많은 생각이 오갔다.

일단 그들의 말을 들어 보기로 했다.

"제가 이런 말을 해도 좋을까 싶습니다."

회색 정장에 물방울 실크 넥타이를 꽉 조인 그가 입을 열었다.

카키색 치마 정장에 단발머리를 한 여인이

바짝 상기된 얼굴로 옷깃을 가다듬었다.

점점 궁금해지지 시작했다.

"제 여식의 문제입니다.

사위 녀석이 바람을 피우고 있는데

여식이 어떻게 대처할지를 몰라

데리고 왔습니다."

"부정행위 증거가 있나요?"

"네, 이것입니다."

그는 USB 저장 매체를 테이블 위에 올려놓았다.

"최근에 사위의 행동이 이상해서요."

"어떤 점이요?"

"그것이 좀……

밤에 잠을 자지 않는답니다."

그제야 여인이 우리의 대화에 조심스럽게 끼어들었다.

"그이는 지방에 있는 유일대학 인문학 교수예요.

대학에 출강하고 있지요."

"연구 때문에 그러는 것 아닌가요?"

"네, 저도 처음에는 연구 때문에 그런 거라고 생각하고

가급적 남편의 연구에 방해가 되지 않기 위해

집에 있을 때 모든 행동을 조심했지요."

"그런데 그게 아니었나요?"

"네.

남편이 연구하느라 몸이 상할까 봐 친정어머님이

보약을 한 재 보내주셔서

전자레인지에 데워 남편의 서재로 갖고 들어갔는데,

갑자기 남편이 얼굴을 붉히며 화를 내는 것이었어요.

그때 뭔가 이상하다는 느낌이 들어

남편의 행동을 자세히 지켜보기 시작했어요."

"이상한 점을 발견했나요?"

"여자에게는 직감이 있거든요.

여자 문제인 것 같았어요."

"그래서 친정 엄마와 상의를 했는데,

돈을 주고 뒤를 캐주는 사설 업체에 의뢰를 해보라고 했어요."

"그래서요?"

"저도 학생들을 가르치는 교사인지라 선뜻 내키지 않았습니다.

한 달 가량 혼자 고민했지요.

주말마다 연구실로 향하는 남편을 점점 더 의심하게 되었어요."

"직업이 교사이시군요."

"중학교 생물 교사예요."

그녀는 계속 말을 이었다.

"사실 그이는 결혼한 뒤부터

제 몸에 관심을 가지지 않았습니다."

"무슨 문제가 있었나요?"

"딱히 문제랄 것도 없었어요.

그래서 학자여서 그러려니 했죠."

듣고 있던 그녀의 부친이 끼어들었다.

"실은 제 잘못입니다.

사위는 제가 특수한 종교 단체의 종주로 있다는 사실을 안 뒤부터

저와 제 딸을 대하는 태도가 달라졌어요.

마치 사이비 종교 단체의……."

말을 잇지 못했다.

"사위가 결혼하고 나서 알게 되었나요?"

"아닙니다.

저는 처음 집에 데리고 왔을 때

사위에게 모든 사실을 이야기했고

서로가 간섭하지 않기로 했어요.

나는 종주 직을 그만둘 수 없다고 했어요.

만약 그것이 결혼생활에 방해가 된다면

결혼을 하지 말라고 했어요.

사위는 모든 것을 감내하겠다고 했지요.

그래서 결혼을 허락한 것이고요.

사위는 교수가 되고 나서부터

장인인 내가 특수한 종교 단체의 종주라는 사실을 부담스러워했고,

여식을 통해

간접적으로 그만둘 것을 강요했지요.

그놈의 사회적 지위,

평판이라는 게 뭔지."

그 일로 부부는 가끔 의견 충돌이 있었다.

남편은 그때마다 집을 나가 하루나 이틀이 지나서야 돌아왔다.

그는 연구실에서 지냈다고 했다.

그런데 연구실로 전화하면

전화를 받지 않았다.

그녀는 연구실로 찾아갔다. 그는 그곳에 없었다.

아무래도 이상한 직감이 들었다.

서재에 있는 남편의 PC를 열어 보았다.

야한 동영상이 있었다.

"전라,

성행위,

자위하는 모습이

모두 특정 여인의 것이었지요.

그리고 저는 그녀의 젖가슴 위에 올린 손이

다름 아닌 남편의 손이라는 것도 곧바로 알게 되었어요."

"어떻게 그것이 남편의 손이라는 것을 확신할 수 있었나요?"

"제 남편의 왼손 엄지엔 작은 사마귀가 있어요.

그놈의 사마귀……."

흥분한 여인은 잠시 말을 잇지 못했다.

"한번 확인해 보시겠어요?"

그녀의 아버지가 눈짓으로 USB 저장 매체를 가리켰다.

아직 수임된 사건도 아니기 때문에

굳이 그럴 것까지는 없었다.

그런데 그만 순간적인 분위기에 휩싸여

별 생각 없이 그것을 받아 컴퓨터에 연결했다.

탱탱한 엉덩이, 하얀 속살, 작고 야무진 젖가슴,

입가의 야릇한 미소, 하얗고 건강한 이를 가진.

몇 장의 전라

여인의 자위행위

남자의 능숙한 손놀림

숨 가쁜 여인의 탄성

더욱 격렬해지는 움직임

잠깐의 정적 뒤

김빠지는 소리

그리고 한껏 부풀어 오른 젖가슴을 꽉 쥐고 있는 남자의 손.

그 엄지손가락엔 사마귀가,

사마귀가 눈에 들어왔다.

셋 중 누구도 말이 없었다.

잠깐의 침묵은 서로에게 생각할 시간을 주었다.

USB를 컴퓨터에서 제거한 후 되돌려주었다.

여인은 조심스럽게 그것을 받아 서류 가방에 넣었다.

"충분한 이혼 사유가 됩니다.

그로 인한 파탄의 귀책사유도 남편에게 있고요.

위자료 역시 승산이 있습니다."

하지만 그녀는 아무 말이 없었다.

"그런데 변호사님, 여식은 이혼을 원하지 않아요.

이유를 모르겠어요."

답답한 나머지 그녀의 아버지가 입을 열었다.

"남편의 부정행위가 있고,

그에 대한 충분한 입증 자료도 확보된 상태이므로

간통죄 형사 고소 및 이혼 소송을 진행하실 수 있습니다."

소송에서 승산이 있음을 강조하기 위해서 나는

다시 한 번 확인시켰다.

그녀가 결단해야 할 순간이었다.

"변호사님, 저는 제 남편을 사랑합니다.

그이도 저와 가정을 지키기 위해 노력하고 있어요."

"무슨 말이죠?"

"사실은 이 일을 계기로 남편과 심각하게 다투었죠.

그 후 남편은 집을 나갔고, 나흘이 지나 들어왔어요.

남편은 제게 모든 것을 밝히고 용서를 빌었어요."

의외였다.

조금 전과는 달리 차분하고 담담했다.

그녀의 아버지가 온 것도

사위의 부정행위에 대해

여식이 방관만 하는 것이 답답해서 억지로 끌고 온 것이었다.

"맞습니다. 이혼만이 능사는 아니지요.

그러나

그냥 아무 일 없었던 듯이 일상으로 되돌려 보내는 건

곪은 상처를 그대로 둔다는 의미이지요.

인간의 감정이란 그렇게 호락호락한 녀석들이 아닙니다.

만약 부인의 생각이 그러시다면,

일정 기간 동안 부부 상담을 한번 받아 보시는 것도 좋을 것 같은데요."

"부부 상담을요?"

"네, 저희 사무실은 일반 상담과 법률 서비스를 병행하고 있어요.

부부간에 문제가 있을 때

쉽게 가정을 깨버리거나

아무 일 없었던 듯 그냥 덮어 버리는 것은

결코 바람직한 해결책이 아닙니다.

이미 따님의 가정에는 어루만져야 할 상처가 있어요.

부부 상담을 통해 치유가 필요하다고 판단됩니다."

다행이었다,

당사자가 이혼보다 재기 의지가 있어서.

이혼은 부부 둘만의 문제를 넘어서

자녀를 비롯하여 그들과 연결된 수많은 문제들을 야기한다.

혼인이 물과 기름처럼 섞이지 않는 두 물체의 단순한 합이라면

쉽게 분리하면 그만이다.

그러나 혼인은 두 인격체의 정신적·육체적 결합을 전제로

수많은 인적 관계를 형성한다.

자녀가 있는 경우에는 더욱 복잡해진다.

물속에 각각의 색깔을 떨어뜨려 놓은 형상이랄까.

원상태로 되돌린다는 것은 애초부터 불가능한 일이었다.

그럼에도 불구하고 언제부턴가

혼인과 이혼에 대한 우리 사회의 담론은

마치 물과 기름의 결합과 분리로 여기는 듯하다.

속상하다.

이건 아닌데…….

단순히 분리하면 원상태로 되돌아갈 수 있다는 착각 속에 있다.

수많은 이혼 사건을 진행하면서

이혼이라는 것이

서로에게 얼마나 많은 상처를 주는지 생생하게 목격했다.

그토록 이혼을 절절히 원했던 의뢰인이 있었다.

그러나 그녀는 법원으로부터 이혼 결정문이 날아오던 날

싸늘한 시신이 되어 있었다.

뒤통수를 맞은 듯 멍했다.

누구나 절절한 사랑으로 결혼을 한다.

유행가 가사처럼

보고 있어도 보고 싶은 사이 아니었던가.

그런데 그것을

없었던 것으로 되돌리는 작업은

상상을 초월할 정도로 모든 에너지를 소진해야 하는 일이다.

그래서 나는 변호사로서 단순한 법률 상담이나 법률 서비스를 넘어

상처 난 마음을 치유하는 일반 상담을 병행하거나

두 과정을 연계해서

상처 난 가정을 가슴으로 안아 보려고 노력했다.

최근에는

우리 삶에 가까이 와 있는 상담과 상담자에 대하여

상담의 사회적 기능을 보다 활성화하고,

상담자에 대한 법적·제도적 시스템을 만드는 작업을 하는 중이다.

파탄으로 인한 정신적·영적 상처를 치유하고

적어도 전문 상담가와 연계된 일반 상담과

이혼 소송을 병행함으로써

한 차원 높은 법률 서비스를 의뢰인에게 제공했다.

충분한 상담을 통해 재기 가능한 가정에 대한 지지와 응원으로

이혼을 최소화하고

그로 인한 사회적 문제를 줄여 보고 싶었다.

"비용은 어떻게 되나요?"

"회기 당 10만 원입니다."

"몇 회기 정도 해야 하지요?"

"따님의 재기 의지가 강하기 때문에 5회기 정도로 충분할 것 같군요."

"네, 그렇게 할게요."

그녀가 수업이 없는 날을 택해 우리는 일정을 잡았다.

나는 그녀에게 남편과 함께 오라고 주문했다.

슈퍼바이져에게도 미리 연락해 두었다.

그랬다.

화면 속 주인공은 남편의 제자였다.

남편은 3년 전부터 '다문화가정 갈등조정 모델 연구' 보고서를

작성하고 있었다.

보고서 작성을 위해 설문과 현장 조사가 필요했다.

교수가 되면서 처음 맡은 보고서라 그는 혼신을 다했다.

제자들도 적극적으로 그 일을 도와주었다.

몇 차례 도와준 그녀를 비롯한 제자들을 위해

고마움의 표시로 회식을 했다.

회식이라야

삼겹살에 소주가 고작이었지만

모두가 즐거워했다.

회식 자리에서 그들은 자연스럽게 가까워졌다.

그녀는

그의 손을 자신의 허벅지 위에 올려놓았다.

술이 확 깼다.

하지만 나쁘지 않았다.

그녀는

키득키득 웃고

아무렇지도 않은 것처럼

다른 사람들과 얘기를 나누었다.

풋풋한 젊은 제자의 꽉 긴 청바지 촉감이 좋았다.

둘은 회식이 끝나고 모텔로 향했다.

교수는 술이 많이 취해 있었다.

그렇게 이들의

이중생활이 시작되었다.

오피스텔을 마련해 주었다.

일주일에 두세 번씩 밀회를 가졌다.

안정적인 가정

대학교수라는 탄탄한 직장

그리고 젊고 싱싱한 애인

남부러울 것 없는 환상의 상태.

그래, 그렇게 보였다,

악마의 유혹이 그렇듯이.

달콤함과 은밀함이 주는 쾌락은 대단한 놈이다.

수많은 인간들을 여지없이 넘어뜨려

다시는 일어나지 못하게

폐인을 만들어 놓는다.

어리석은 인간은

망각의 소용돌이로

그놈을 찾고 헤맨다.

뽕잎을 찾는

누에의 몸부림처럼

쉼 없이

허공을 휘저으며

쾌락을 찾는다.

그리고

그 쾌락의 끝자락엔 어김없이 절망의 늪이 기다리고 있다.

남편은 불안해하기 시작했다.

윤리적인 갈등을 했다.

이 상황을 벗어나고 싶었다.

아니, 벗어나야만 했다.

지금까지 이룬 모든 것과 맞바꾸는 것은 어리석은 짓이라는 걸

잘 알고 있었다.

제자 역시 마찬가지였다.

이런 상황이 영원하지 않으리라는 걸

잘 알고 있었다.
그러나 멈추고 싶진 않았다.

경제적 안정,
직업적 안정,
지성의 충만.
그는 풋풋한 또래 녀석들과는 달랐다.
오로지
암컷의 그것만을
무작정 들이밀며 탐닉하는
애송이 녀석들과는 달랐다.

하지만
때때로
그녀 자신의 이런 행동이
한 가정을 파괴하고 있다는 죄책감이 엄습했다.
둘은 수십 번 서로 헤어지자고 다짐했다.

그러나
그들은 한 시간을 못 견디고
또 만났다.
그렇게 반복되고 있었다.
그때마다 제자는 울면서 말을 못 했다.
둘의 관계는 점점 어두워졌다.

아내도 남편의 제자를 잘 알고 있었다.

"집에도 몇 번 왔었어요.

스승의 날 때 제자들이 집에 온 적이 있어요.

그때 저희 집에서 저녁도 먹고 정원에서 맥주도 함께 마셨어요.

유독 그녀는 나를 많이 도와주었어요,

다른 제자들과 달리."

자연스럽게 둘은 많은 대화를 했었다.

초등학교 3학년 때

옆집에 사는 남자 고등학생으로부터

1년 가까이 성추행을 당했다.

어린 그녀를 자신의 방으로 유인하여

인형놀이를 했다.

"우리 엄마 아빠 놀이 하자."

"응."

"여보, 밤인데 자야지요."

옷을 벗기고 성기를 만졌다.

아프고 싫었다.

"아파, 그만해."

"가만있어요. 아이를 낳으려면 이렇게 해야 해요."

그 짓은 그놈이 이사 가기 전까지 계속되었다.

그 아이는

초등학교 5학년이 되어서야

비로소

성 노리개가 된 사실과

자신이 당한 일이 대충 무엇인지를 깨닫게 되었다.

그때 느낀 수치심과

가슴을 짓누르는 답답함을 그 누구와도 공유할 수 없었다.

어린 그녀가 감당하기엔 너무 버거웠다.

늘 버림받은 공허감을 느꼈다.

성년이 훌쩍 지난 그 아이는 십 수 년 전으로 돌아가

아무것도 모르는 아이가 되었다.

힘껏 가슴으로 안아 주었다.

'어린 것이 얼마나 힘들었을까.'

가슴을 도려내는 연민을 느꼈다.

같은 여자로서,

그 아이의 엄마로서

한없이 흐르는 눈물을 닦아 주었다.

오랫동안 둘은 함께 맥주잔을 기울였다.

두 사람은 진지하게 상담 과정에 참여해 주었다.

5회기까지 오는 동안 흔들림 없이

주저하지 않고 잘 따라와 주었다.

마지막 회기 날이 왔다.

고마웠다.

지켜 주고 싶은 가정이었다.

두 사람은 참 평범하고 순수한 사람들이었다.

대학 시절에 만나

8년간의 아름다운 사랑으로

결혼을 했다.

박사학위 논문을 쓰고 교수가 되기 위해

아직 아이를 갖지 않은 것 말고는

부족한 게 없었다.

부부 상담 과정에서

둘은 서로의 마음을

털어 놓았다.

서로의 감정을 있는 그대로 표현하는 작업이었다.

그들에게 이미 오래 전부터 생긴

잃어버린 언어들을 되찾아 주었다.

화가 나.

우울해.

씁쓸해.

억울해.

즐거워.

기분이 훨씬 나아졌어.

슬퍼.

언제부터인지 모르게

그것은 이방인의 언어가 돼버렸다.
서로에게 해서는 안 되는 금기어가 돼버린 것이다.
왜?
부부이기 때문이라고 했다.
부부니까?
부부니까 더 많이, 더 쉽게
표현할 수 있어야 하는 것 아닌가?
그렇게 일주일이 흘렀고,
일 년이 흘렀고,
급기야
나를 만나게 된 것이다.

상대방의 기초적 감정의 실타래를 풀다 보면
둘은 가까워질 수밖에 없다.

그런데
우리는 언제부턴가
감정이란 녀석을 곳간에 처박아 두고
자물쇠를 걸어 두었다.

부부는
게슈탈트 기법에 의한 감정표현 과정 작업에서
서로 얼싸안고 울기도 했다.
미안하다.

서로가 마음의 상처를 어루만져 주기도 했다.
그리고 표현하는 방법을 배웠다.

상담을 이끌어 가는 내게도 역전이(逆轉移)가 왔다.
나 자신과 가정을 들여다보았다.
나 역시 별반 다를 바 없었다,
실천하려고 노력하는 점을 제외한다면.
부부상담 전문가인 안 교수의 슈퍼비전을 받으며
상담을 진행했다.

"제자의 경우
애정 욕구에 대한 좌절감과 자기혐오가 나타날 수 있어요.
성취가 아닌 관계의 영역에서
유부남과의 자기 패배적인 관계에 몰두함으로써
애정 욕구를 충족하려 했던 것으로 보여요.
남편은 유일하게 그녀를 이해해 주고 보살펴 주는
애정의 공급자 역할을 수행했을 것이고,
유부남이기에 이루어질 수 없는 관계라는 사실에서
그녀는 자신을 완전히 개입시키지 않아도 된다는
안도감 때문에 남편과의 관계를 지속했을 겁니다."
"네."
부부는 고개를 끄덕였다.
"사실 남편은 히스테리성 성격 장애를 가진 사람과 엮인 것이지요."
아무 말 없이 남편은 듣고만 있었다.

그것이 할 수 있는 유일한 것이었다.

제자와의 불륜,

이중생활,

이것들이 세상에 알려질 때

자신이 입게 될 타격을 이미 계산했을까?

아니겠지.

이 침묵은

계산된 행동이 아닌

한 인간으로서

배신행위에 대한 죄책감의 표현이겠지.

"부인께서는 이 점을 이해하셔야 합니다."

"예, 저도 이해하려고 노력하고 있어요.

머리로 이해는 되지만

아직 가슴으로는 받아들이기 어려워요.

배신감,

부정행위에 대한 더러운 감정이

저를 온통 괴롭히고 있거든요."

"여유를 가지고

남편과 좀 더 많은 대화를 나누세요.

용서는 상대방에게 베푸는 화해의 선물이기도 하지만,

결국은 자기 자신에게 베푸는 은총이지요.

용서는 타자에 대한 사랑이며

자신과의 화해입니다."

"오늘 상담은 여기까지 할게요."
두 사람은 자리를 떴다.
흰색 실크 블라우스에 비친
그녀의 탱탱한 젖가슴이
그를 유혹하고 있었다.

상담은
내담자에게 정보를 제공하거나
조언을 제공하는 일방적인 행위만을 뜻하진 않는다.
이를 넘어 둘 사이에 여러 차원의 교환 행위가 일어난다.
일정한 목적과 일련의 과정을 가지고
상담자와 내담자가 특정한 관심사에 대해 정보를 교환하며,
구체적인 감정적·내용적 이해의 상호작용을 거쳐
특정 관심사에 대한 바람직한 결과를 얻는 모든 작용이다.

상담은
복잡한 사회생활 속에서 긴장과 갈등으로 인한
마음의 상처를 치유하는 게 일차적 목적이다.
그렇게 함으로써
한 인간이 인간답게 살아갈 수 있도록 도와주는 것이다.
상담자와 내담자 간의 공감,
상호 공감을 통한 라포 형성을 위해서
상담자 자신의 죽음, 이혼, 갈등, 비극 등
삶에 대한 깊은 성찰이 선행될 때

진정한 동행자이자 안내자가 될 수 있는
대단히 어려운 작업이다.

사실
이혼 소송을 진행하기에 딱 좋은 사례였다.
남편의 외도,
충분한 수임료를 지불할 의뢰인의 경제력,
자녀가 없기 때문에 친권을 비롯해 양육에 관한 분쟁이 없는
비교적 깔끔한 유형의 이혼이었다.

그러나 그 길을 걷지 않았다.
그들은
다시 서로에 대한 설렘을 찾을 것이다.
비온 뒤에 땅이 굳듯이
한 차례 소나기가 있었다.
이제 그들의 가정이라는 마당은 더 단단해지고
탄탄해질 것을 믿는다.

제 6 장
황혼이혼, 유일한 탈출구인가?

황혼이혼, 유일한 탈출구인가?

"꼭 이혼을 원하시나요?"

"네."

한 치의 고민도 없이 확신에 찬 답이었다.

단호했다.

환갑을 넘긴 나이에 이혼이 무슨 의미가 있을까.

황혼이혼의 증가를 피부로 실감한다.

먼발치에 앉아 있던 남편은 고개를 숙이고 있다가

아내의 냉랭한 목소리에 정신을 차렸다.

둘은 30년을 함께 걸어왔다.

그냥 앞만 보고 왔다.

남편은 조그마한 자동차 부품회사에서 관리직으로 일했다.

몇 번의 선을 본 뒤

별다를 것 없다고 생각하고 지금의 처와 결혼했다.

신혼 1년차에 여식을 가졌고, 세 살 터울의 사내아이를 낳아 키웠다.

남들 하는 것처럼 아이 둘을 교육시키다 보니

어느새 사회의 퇴물이 되어 있었다.

퇴근 시간은 일정했다.

저녁 8시경이면 집에 도착했다.

가끔 직장 회식을 빼고는 한결같았다.

늘 혼자 저녁을 먹어야 했다.

뭐가 그리 바빴는지

생각해 보니

후회가 많은 삶이었다.

유일한 낙은 저녁식사 후 신문을 뒤적이다가 담배를 피우는 것이었다.

안방에서

첫째가 생기면서 거실로,

둘째가 생기면서 베란다로

내몰렸다.

그렇게 그의 자리도 내몰리고 있었다.

지금은 담배를 피울라치면 5층 계단을 내려가 건물 밖으로 나와야 한다.

끊어야 했다.

끊고도 싶었다.

명퇴의 눈치를 보다 5년을 버티고 나왔다.

아내가 이혼을 요구하며 손톱을 세우고 있다.

쓴 담배마저 없다면 숨을 쉴 수 없었다.

열심히 살았고,

나름 성공적인 삶이었다.

여식은 중등부 영어 선생님이고,

아들은 S기업 반도체 연구원으로 일하고 있다.

그도 부장으로서 꽤 유능한 사원이었다,

입사 동기가 상무로 승진하기 전까지는.

그렇게 열심히 살았던 그에게

자녀가 떠난 빈 둥지는 아무 의미 없는 공간이었다.

그저 황혼의 두 부부가 등 돌리고 잠을 자고,

때가 되면 서로 다른 시간에 식사를 하는 그런 곳이었다.

하루 종일 텔레비전에서 나오는 소리가 그들의 유일한 대화였다.

30년간의 동거자이기에 말을 안 해도

무엇을 싫어하고 무엇을 좋아하는지 다 안다.

대화가 필요 없었다.

굳이 말을 안 해도 하루를 지내는 데 아무런 지장이 없었다.

그렇게 10여 년이 흘렀다.

이들에게 결혼이 무슨 의미가 있을까.

또 이혼은 무슨 의미가 있을까.

부부 관계는 이미 단절되었다.

오직 공통의 관심사였고,

그것만이 오로지 가정을 유지하는 힘이 되었던

아이들의 양육 문제도

자녀가 성장하자

둘의 관계를 유지할 만한 동인이 되지 못했다.

그럼에도 이들의 결혼은 유지되어야 하는가?

결혼은 평생의 약속으로서 유지되어야 한다는

신념이나 가치관으로 말미암아

정체성을 상실해 가는 부부에게 결혼 생활을 강요한다면

이는 너무 가혹한 벌 아닌가.

자녀 양육이라는 상호간의 의무감이 사라지고

결혼 생활의 유지가 두 사람에게 아무런 도움이 되지 않는다면,

'어떤 원칙을 맹목적으로 준수하는 것이 피해를 입히기 시작했다면,

그 원칙은 수정되어야 한다.'

바로 칸트가 제시한 '상황에 따른 가변적 불완전한 의무'이다.

이 철학적 사유는 우리 사회의 황혼이혼을 부추기고 있다.

정당화시키고 있다.

그러나 과연 타당한가?

정체성 회복의 유일한 탈출구가 황혼이혼뿐인가?

그렇다면 검은 머리 파뿌리 될 때까지,

죽음이 둘을 갈라놓을 때까지 헤어지지 않겠다는

결혼 서약서는 한낱 종이쪽지에 불과한 것이었던가?

두 자유로운 영혼이 만나 결혼으로 결속될 때

많은 자유를 잃거나 포기해야 한다.

자녀출산과 양육,

집안간의 갈등,

고부 갈등,

복잡하고 골치 아픈 일들이 도사리고 있다.

그 대가로

신혼집이라는 둥지를 얻고

역할 분담을 통해 어느 정도 편리함도 추가한다.

섹스라는 쾌락도 있다.

가정이라는 공간이

집에서 제공하는 식사와

아내가 제공하는 잠자리 같은

물리적인 쾌락과 편안함에 불과한가?

그의 삶에서 관심은

온통 직장 업무라는 세계에 집중되어 있었다.

새벽같이 출근을 했다.

명퇴 눈치를 보기 전까지

하루 세 끼를 모두 직장에서 해결했다.

그런 삶을 당연한 것으로 생각했다.

나도

당신도

우리 모두가 당연한 것으로 여겼다.

가족이 도란도란 앉아 식사를 해본 적이 손가락으로 헤아릴 정도다.

상사며 동료며 모두가 그렇게 살아 왔다.

부모라면 당연히 누려야 할

첫 아이 입학식의 설렘은 아빠 몫이 아니었다.

환하게 웃고 있는 딸아이의 졸업식 사진에도 아빠는 없었다.

아이와 신나게 놀아 주기 위해 정시 퇴근하는 것은 상상도 못 했다.

그것은 사치였고,

조직 생활에 적합하지 못한 사람으로의 낙인이었다.

어느 때부터 가정이라는 곳이

사막화되어 가고 있었다.

가장 따뜻하고

가장 편안해야 할 곳이

차갑고

불편한 곳이

되어 버렸다.

직장이 전부가 되었다.

결국 업무는 그를 삼켜 버렸다.

주위를 돌아볼 겨를도

힘도 없었다.

오직 앞으로만 나아갔다.

그 결과로 획득된

조직에서의 작은 권력이

그에게 위안이 되었다.

그것이 전부였다.

가끔씩 있는 회식이 그의 유일한 삶의 유희였다.

그렇게 30년이란 세월이 흘렀다.

30년이 말이다.

그동안 집안일은 오로지 아내 몫이었다.

아이의 양육도 그랬다.

왜 함께한다는 생각을 못 했을까.

아내가 아침을 준비할 때 식탁을 닦고,

설거지할 때 아이들 양치질을 시키고,

주말이면 파김치가 되어 있는 아내를 위해

라면이라도 끓일 생각을 왜 못 했을까.

그저 그것은 내 일이 아니라고만 생각했다.

항상 그 자리엔 아내가 있었다.

그래서 그녀는 그렇게 억척스런 사람이 되었는지 모른다.

아내가 이혼을 요구하고 있다.
어떻게 해야 할지,
남편은 아무런 방어를 못 하고 있었다.
젊은 날처럼 섹스 파트너가 필요한 것도 아니요,
노구의 몸이 되어 또다시
평생 허리 한번 못 펴보고 아이 뒷바라지와
집안일을 해온 그녀의 손을 빌린다는 것이
인간적으로 미안하기도 했다.
세탁기가 있고
전기밥솥이 있다.
청소기가 있다.
아직은 혼자서 살 수 있는 힘이 있다.

부인에게 자유를 주고 싶은 마음도 있다.
많이 힘들고 외로울 것이란 사실을 잘 안다.
그래서 그는 아내의 황혼이혼 주장에 무기력하다.

나도 처음에는 황혼이혼에 대해
그렇게 생각했다.
"여보게, 이해해 주시게나, 그 길밖에 없는 듯하이."
고모님의 황혼이혼을 목격하기 전까지는 말이다.
고모부는 술을 좋아하셨다.
어릴 적 기억에도 술을 드시고
어린 조카의 손에 천 원짜리를 쥐어 주시며

목마를 태워 주신 참 좋은 분이었다.
그 돈으로 사먹던 뽀빠이 과자의 고소함을 잊을 수 없다.
아니, 나는 고모부를 그리워하고 있는지도 모른다.

그러나
술은 당신의 가족들에게는 저주였다.
한 달이 멀다 하고 살림을 부수고
고모를 폭행했다.
형과 누나들에게 욕을 하고
스무 살이나 차이 나는 사람과 두 집 살림을 차렸다.
엄마를 때리는 것을 보고 화가 나 대드는 아들을 죽이겠다고
낫을 들고 온 동네를 쫓아다니며
고모 속을 태웠다.
맘씨 고운 셋째 누님한테
중학교까지 다녔으면 됐지
여자가 무슨 고등학교냐며
유리잔을 집어던져
지금도 고운 누님의 얼굴에 바늘 자국이 선명히 남아 있다.
그래서 흔쾌히 나도 고모님의 황혼이혼을 지원했다.
고모님은
먹고 싶어도 안 먹고
입고 싶어도 안 입고
모은 억대의 재산을,
당신의 분신을 모두

포기하고서라도
악마의 손에서 해방되기를 소망했다.
나이 쉰여섯에 말이다.

이미 모든 걸 다 버리고
서울로 올라와 버린 지 6년이란 세월이 흘렀다.
도망치듯 올라와 모든 걸 다시 시작했다.
그나마 형과 누님들이 고모를 이해하고
직장에 다니면서 고모와 함께 지냈다.

"고모님, 그냥 그렇게 사시면 안 돼요?
이미 이혼한 것과 마찬가지잖아요."
"나이 들어 무슨 주책이다 생각하지 마시게나.
난 아무것도 바라는 게 없네.
다만 그 사람과 남이기만 하면 되네."
할 말이 없었다.
법원에서도 비록 황혼이혼이지만
받아들일 수밖에 없었다.

가끔씩 돌아가신 선친이 생각나면
고모님을 찾아간다.
손주 녀석들을 봐주면서
또 그렇게 정신없이 살고 계셨다.
공인 회계사 누님이 결혼하던 날

고모는 쓸쓸히 식장을 지켰고,

형님이 자동차 대리점 오픈식을 하던 날도

고모는 거추장스런 한복을 입고

구석에서 손님들을 위해 쓸쓸히 떡을 썰고 계셨다.

손님을 치르고 그날 저녁

고모는 막걸리 한 잔을 시원스럽게 걸치시고

이미자의 '동백아가씨'를 부르다 주무셨다.

잘살고 계셨다.

그런 줄만 알았다.

자식들도 어느 정도 기반을 잡았고

술 먹고 개지랄하는 사람도 없으니 말이다.

재판이 생각보다 일찍 끝나

나는 목동에 사시는 고모님을 갑자기 찾아갔다.

그날도 황혼이혼 원고 측 소송 대리인이었다.

여기저기 널브러진 장난감, 조카의 울음소리.

고모님은 베란다에 우두커니 서 계셨다.

흰머리가 부쩍 늘었다.

축 처진 어깨가 저물어 가는 황혼녘의 쓸쓸함을 더했다.

"고모님, 저 왔어요."

울고 계셨다.

왜,

왜?

……

그랬다.

그것만이 능사가 아니었다.

잘못된 것을 알았다면

그때부터 다시 시작하면 된다.

잘못된 것이 있어도

희망이 있다면

깨지 말았어야 했다.

평생 허리 한번 못 펴보고

아이 뒷바라지,

집안일을 해온 그녀를 위해

남편은 무언가를 해주고 싶었다.

희망을 보았다.

남편에게 기회를 주었어야 하지 않을까.

새색시가 직장에서 돌아올 남편을 위해

저녁을 준비하는 설렘만큼은 아니겠지만,

그도 비록 처음 끓이는 된장국이지만

멋쩍어하며 맛있게 먹어 줄 설렘을 그에게

줘야 하지 않았겠는가.

또다시 노구의 몸이 되어

그녀의 손을 빌린다는 것에

미안함과 안쓰러움으로 어찌할 바를 모르고 있는

그에게서 돌담에 핀 작은 들꽃처럼

반가운

희망을 만났다.

두 부부는

남편에게 기회를 한 번 더 줘보자는

제안을 받아들였고

10회기의 부부 상담을 하기로 했다.

그는

지금

구청에서 운영하는

요리 교실을 다니고,

부인과 함께 이야기 치료 그룹원이 되어

열심히 따라가고 있다.

내가 가장 기쁘고

보람을 찾는 때가 이때다.

법조인으로서 소송에서 이겼을 때보다

깨지기 직전의 위기에 처한 가정에

상담을 통해서

희망의 씨앗을 심고

거기서 다시 그 싹이 움트는 것을 느낄 때이다.

처음 만나 사랑할 때

내가 그러했고

그들도 그러했듯이

하루가 왜 그리 짧았는지,

보고 있어도 보고 싶은 때가

있었을 터인데.

이혼을 고민하며 들어오는 적의에 찬

이들의 눈을 보면

참 마음이 아프다.

이혼 전문 변호사답게 일사천리로 이혼 소속을 밟고

의뢰인에게 위자료를 한 푼이라도 더 받아 주면 되는 줄 알았다.

그러나

그 깨진 가정 뒤에는

자녀 양육,

주거 공간의 분리라는 물리적 문제보다는

인간에 대한 철저한 배신감,

사랑의 사회적 병리,

어린 자녀들의 정서 왜곡과 같은

정신적·정서적 문제가 더 큰 파장을 일으킨다.

그렇기에

이혼 법률 상담에서는

반드시 일반 상담이 전제되거나 병행되어야 한다고 믿고 있다.

제 7 장
무자녀

무자녀

"오늘은 이만 상담을 마칠게요.

음, 다음 회기는 돌아오는 목요일이나 금요일 정도가 좋을 것 같은데요."

"네, 저는 금요일에 수업이 없습니다."

"좋아요. 그럼 금요일 오후 3시로 정하죠."

독서 치유를 해보기로 했다.

일단 독서 치유에 대하여 간단히 그녀에게 설명했다.

반신반의하면서도 그녀는 따라 주었다.

대학교수인 그녀는

성형외과 의사인 남편과 일 년째 별거 중이다.

이혼 절차를 밟기 위해 법률 자문을 왔다가

일반 상담을 받아 보기로 했다.

레프 니콜라예비치 톨스토이의 『이반 일리치의 죽음』을 권했다.

"다음 회기까지 읽고 오실 수 있나요?"

그녀는 그렇게 해보겠다고 했다.

"그럼, 그때 뵙겠습니다."

톨스토이의 이 작품은

겉보기에 남부러울 게 없는 한 중년의 고위 법조인이

병석에서 죽음을 앞두고

삶과 죽음의 의미를 깨달아 가는 과정을 그렸다.

우리로 하여금 삶과 죽음에 대한 진지한 태도를 성찰하게 한다.

동료의 죽음이

자신들의 자리 이동이나 승진에

어떤 의미를 갖는가에 관심이 있을 뿐

조문은 그저 '인사치레'일 따름이고,

미망인 또한 진심으로 죽음을 슬퍼하기보다는

고인의 사망에 따라 연금을 얼마나 받을 수 있는가에 대해

오직 관심이 집중되어 있다.

당시 사회 지도층 인사들의 부도덕, 위선을 여지없이 폭로하고 있다.

현대를 살아가는 너와 나의 모습이기도 하다.

결혼, 출산, 양육

출세가도, 권력, 상류층과의 교류

골프, 포커 등 적절한 유흥

모두가

이반 일리치의 삶이자 나 자신의 삶이었다.

파탄과 혼란으로 힘들어 하는 사람

자식의 상실 앞에서 정신을 놓은 사람

재물의 욕망에서 자신을 탈출시키지 못하며

고통 속에 몸부림치는

나와 너

또 다른 이반 일리치에게

많은 메시지를 전달하고 있다.

일상의 삶에서 오는 병리적 불안과 고통,
그리고 유한한 한계상황에서 피할 수 없는
개별자이자 유한자로서 갖는 실존적 불안.
모두가
나와 우리가 맞닥뜨릴 수밖에 없는 불청객이다.

돈과 권력을 좇아온 이 40대 부부는
자녀가 없었다.
둘 다 여력이 없다고 했다.
애를 낳아 키우는 것은 어리석고 비효율적이라고 여겼다.
둘만의 시간과
공간에서
서로 사랑하고
존중하며
자기 일에 최선을 다하기로 했다.

그들은
애를 낳아 키우는 데 드는 비용을
둘을 위해 사용하기로 했다.
정기적으로 해외로 휴가를 떠났다.
로마
프랑크푸르트
파리
베네치아.

굳이 애를 낳아 삶에 찌들 이유가 없다고 여겼다.

그렇게 살아왔다.

수북이 여행 사진첩만 쌓아 갔다.

그들의 인생에서

그 외엔 아무것도 없었다.

그런 그들을 갑자기 공허함이란 놈이 습격했다.

혼인, 그 본질은 무엇일까?

부부 관계 행위의 정당성은 어디서 찾을 수 있을까?

정상적인 부부 관계 밖에서

성 능력을 고의적으로 사용하는

유흥,

자위행위마저도

그 동기가 무엇이든지 간에

원칙적으로 성 능력의 목적에 위배되고,

도덕 질서가 요청하는 성관계,

즉 참된 사랑 안에서 상호 자기 증여의 의미와 인간 생식을

실현할 관계가 결여된 성관계를

타락 행위라고 보는 종교적 시각은

뒷마당 구석에 처박아 버려야 하는 불편한 진실인가.

출산은

개별자인 인간을

나와 너

나와 우리라는
타자와의 관계 속으로,

유한자인 인간을
과거와 현재
현재와 미래로
시간의 연속성으로
이끌어 준다.

그렇기에 출산은
여자가 갖는 복되고 복된 특권이 아닐까.
혼인은
부부생활 공동체의 형성을 본질로 한다.
어떻게 생활 공동체를 꾸려 나갈 것인지는
그들의 자유다.
그렇다면
그 자유의 끝은 어디인가.
지금
우리에게 있어서
혼인과 출산은 어떤 의미가 있을까.
섹스와 인격적 대우라는
부부 담론에 허덕거리며
성과 인격이
어느 순간

부부 관계의 핵심으로 자리 잡았다.

법원도

성적 불능을 혼인을 계속하기 어려운 중대한 사유로 보고 있다.

그러나

생식 불능, 수태 불능은 파탄의 사유로 보지 않는다.

현대 사회에서는

혼인의 의미가

자녀 출산과 양육에서 부부 관계 중심으로

그 무게 중심이 옮겨 갔다.

부족함이 없는 이 부부에게 찾아온

공허함은 어디에서 오는 걸까.

성행위에 관한 법규를 위반했을 때

하느님의 징계는

무자(無子, childless),

그 자신뿐만 아니라

범죄자의 후손에 대한 죽음과 파멸로

그를 집단이나 민족의 관계에서 영원히 끊어 버리는

벌에 뿌리를 두고 있는 것은 아닐까.

일주일 동안

내심 그녀와의 만남을 기다렸다.

독서 치유를 통해서

이 엘리트 부부의 관계를 회복시킨다면

이번 학회 세미나에서
독서와 단기 치유에 관한 성공 사례를 발표할 계획이었다.

그녀가 노크를 하고 들어왔다.
"반갑습니다. 어서 오세요."
"책은 다 읽어 오셨어요?"
"네."
손수건을 꺼내 스커트 위 무릎을 덮으면서 그녀가 짧게 대답했다.
표정이 밝았다.
홍조를 띠었다.
저번 회기와는 달랐다.
생기가 있었다.
"읽고 난 소감을 한 마디로 어떻게 표현하시겠어요?"
그녀는 잠시 생각했다.
"허무……, 네, 허무함이요."
"허무함이라……."
말을 이어 갔다.
"이반 일리치의 죽음을 통하여
죽음이 우리에게 주는 통찰.
육체적 생에 대한 미련을 놓지 못하고
유한자로서
개별성과 유한성을 망각하며
부와 명예, 권력을 좇아가는
19세기 러시아 사람들의 모습에서

물질적 재화와 순간의 쾌락을 좇는

현재의 우리들 모습을 발견하게 되지요."

그녀도 맞장구를 쳐주었다.

"보잘것없는 제 모습을 보았어요."

"우리의 모습이기도 합니다."

"허무했어요."

그녀가 고개를 숙이며 눈물을 훔쳤다.

긴 한숨을 내쉬었다.

"저도 마찬가지입니다.

그것이 현재 너와 나, 우리의 모습이거든요."

나는 그녀가

일상의 삶 속에서

허무함의 끝에 찾아오는 불안,

그것이 병리적 불안이든

유한자로서 갖는 실존적 불안이든 간에

그것을 만나 볼 수 있도록 최대한 상담을 통해 도왔다.

개별자 내지는 유한자로서 그 자체의 불완전성,

진리에 대한 불완전한 인간의 갈망,

영원한 생명에 대한 갈구에서

부표와 같은 인간이

완전으로 가기 위한

에너지의 근원에 대한 물음과

그 성찰을 통한

철학적 음미의 시간을 가졌다.

일상의 삶 속에서의 불안과

실존적 불안의 크기와 진지성의 차이를 긍정하면서,

결핍, 억압, 실존, 애착으로부터 발생하는

병리적 불안이

극복하고 깨부수어 버려야 할 대상으로서

거기서 오는

번거로움과 버거움에 허덕이는 것이 아니라,

성숙되어 가는

자기성찰의 과정에서

수용될 때

우리는

비로소

불안에서

성숙, 평온함, 당당함으로

자기기만을 벗고,

자유의 현기증 과정을 거쳐

죽음 앞에서 "이렇게 좋을 수가!" 하고 외쳤던

이반 일리치의 모습에

우리를 투사해 봄으로써

실존적 불안에 대한

성찰의 기회를 가질 수 있다.

"작품 속에서 이반 일리치의

죽음의 끝자락에 동반자 역할을 한

조르바에 대해선 어떻게 생각하시나요?"

"지금까지 여기에 오기까지

수많은 사람들을 짓밟아 왔어요.

그것이 경쟁 사회에서

살아남기 위한

유일한 길이라고 생각했어요.

그렇게 바득바득 살아온

저보다

비록 배우지 못했어도

자연에 순응하며

평범한 일상의 삶을 소유한

조르바가 부러웠어요.

욕망

그것이

출세욕이었든

소유욕이었든 간에

허덕이고 있는

제 모습을 보았어요."

"그렇군요."

"사실 저는

전임교수가 되기 위해

아이도 포기했어요.

남편은

아이를 많이 원했어요.

돌이켜보니

남편에게 많은 죄를 지은 것 같아요."

그녀는 고개를 숙였다.

한동안

말을 못 하고

눈물만 흘렸다.

치열하게 살아온 자신과

함께 걸어온

남편에 대한 고마움, 그리고 연민을 느꼈을 게다.

보잘것없는

쾌락과 욕망에서 오는

고통 속에서

스스로가 자기 삶의 주체가 되어 의연해질 때

진정으로 인간을 사랑할 수 있는 조르바가 된다.

행복은

부와 명예와 같은 외적인 조건보다

정신의 덕과 같은 내면의 조건에 더 좌우된다.

아이 대신에

여가, 취미, 스포츠 같은 개인적 즐거움을 택하는

시간적·경제적으로 능력 있는

자녀를 갖지 않는 맞벌이 부부.

바로 그들은 딩크족(DINK : double income no kids)이었다.

여성과 모성의 분리라는

여성의 정체성에 대한 담론에서는

여성은 엄마가 아닌,

살아 있고 인격을 가진 인간으로 표현되어야 한다고 강조한다.

여자

엄마

누이

처

존중받고 대우받아야 할 인격체이자

아이를 낳고 함께 양육하는 우리의 엄마이다.

여자는 여성과 모성의 지위를 동등하게 지니고 있다.

어느 하나로 국한시키는 것은 옳지 않다.

자녀에 대한 담론에서는

자녀가 없다는 것이

childless에서 childfree로 옮겨 가고 있다.

자유로운 낙태

피임약

계획된 임신.

자녀의 출산과 양육에 대해

통제 기제가 다양하다.

아이의 양육은

언제부터인가

집안에서 모든 일을 제치고 안방을 차지해 버렸다.

최우선 순위가 되었다.

가족으로 하여금 너무 많은 희생을 요구했다.

도대체

왜

이렇게 되어 버렸는지

되돌리기에는 너무 멀리 와버린 것은 아닌지.

그러나

조금씩

조금씩

다시 되돌아가야 한다.

사회화.

어린아이를 키우고 교육시켜

그의 능력과 특성에 맞는 사회적 역할을 할 수 있도록 양육하는 것이다.

그것은

부모의 권리이고 의무이다.

부모라면 누구나 감당해야 하고

할 수 있어야 한다.

돈이 있고

권력이 있고

학력이 높은 부모만

부모 노릇을 할 수 있다면 얼마나 슬픈 현실인가.

농부도, 환경 미화원도, 어부도

교사도, 교수도
정치인도, 법조인도
의사도
막노동자도

누구든지 부모가 될 수 있다.
부모가 되면
부모의 의무를 이행해야 한다.
자녀에 대한 사랑으로
능력의 범위 안에서
최선을 다해
사회화를 도왔다면,
그 누구도 그를 부모의 의무를 다하지 않았다고
손가락질할 순 없다.
미쳐 가는 우리가 문제이지
그들이 문제가 아니다.

상담은
병리적 원인 내지는
개별자로서의 한계성에서 오는 실존적 원인으로 말미암아
시들어 가는 한 인간에 대하여
인간 사랑을 전제로
그가 인간답게 홀로서기를 할 수 있게 협력하는 과정이다.
삶의 적정한 방법을 찾고

선택할 수 있도록 조력하는 과정이다.

그러므로

상담은 인간과 사물에 대한 올바른 이해가 전제될 때

보다 효율적이고 효과적으로 문제를 해결할 수 있다.

그런데 현대의 복잡한 사회 구조와 문화적 다양성 속에서

인간을 올바로 이해한다는 것은

대단히 어려운 작업이 아닐 수 없다.

인류는 철학을 통하여

자신의 '내면자'와의 만남이 있었다.

그것은 절대자였고 진지한 양심이었다.

그 과정에서 인간에 대한 근원적 물음으로부터

일상의 삶의 문제에 대하여 고민해 왔다.

그렇기에 철학 사상은 인류의 고통의 소여(所與)이자

우리 삶의 일부분일 수밖에 없다.

상아탑 속의 철학을

우리 일상의 삶으로 꺼내와

상담자 자신의 인간과 사물에 대한

자기성찰을 전제로

고통과 불안에 빠진 이들이 홀로서기가 가능하도록

철학적 전망을 통한

인류의 지혜를 우리 삶에 조명해 볼 필요가 있다.

삶을 살아간다는 것은

고행의 길.

그 끝자락엔

상처투성이인 투사가 되어
누군가의 따스한 손길이 그리울 때
상담이 필요하다.
상담자가 그에게 주는 것은
상담에서 오는 단기 효과의 단순함만이 아니다.
꺼져 가는 생명의 불씨를 지켜 준다.
그래서 상담은
대단히 의미 있는 작업이다.

그녀에게
공허함으로 찾아온
삶에 대한 근본적 질문은
상담과
이반 일리치를 통해
'아이'라는 답을 찾았다.

또 하나의 희망을 보았다.
그래,
그렇게
조금씩 세상이 변해 간다면
그것도 참 다행스런 일이다.

제 8 장

어디 감히 남자에게 부엌일을

어디 감히 남자에게 부엌일을

부부 클리닉 센터에서 교육을 받으면서
법률 상담을 병행하는 중년의 부부가 있다.
동료 변호사인 박 변호사가 얼마 전 소개해 준 부부였다.
사실 내담자는 박 변호사의 처형이기도 했다.
원래 이혼 소송은 가정사를 파헤치는 작업이라
다른 소송과는 달리 평소 알고 지내는 변호사를 찾아가기 쉽지 않다.
이 사건 부부도 잘 지내 오다가 결국 파경을 맞고
이혼 상담을 해온 것이다.
"김 변이 이 분야의 전공이지.
사실 내 처형이요. 잘 좀 부탁하오."
언제부턴가 자의 반 타의 반 이혼 전문 변호사가 되어 있었다.
사실은 이혼 전문이 아니라,
이혼을 막는 변호사라는 게 맞는 표현이다.

사흘 뒤에 스케줄을 잡아 1차 상담을 했다.
보통의 변호사 사무실에서 하는 법률 상담이 아니다.
1시간 내지는 2시간을 할애해서 자신의 상황과 입장을
아무 방해도 받지 않고 자유롭게 이야기하는 시간이다.
이 특별한 상담 시간에 대해 대부분은 처음에 의아한 반응을 보인다.
그러나 상담을 마치고 일상으로 돌아갈 무렵이면

한결같이 의미 있는 시간이었다고 말한다.

나는 이 방법에 대하여 나름대로 확신을 가지고 있다.

서울지방변호사회에서 어떻게 알았는지 특강을 요청해 왔다.

1차 상담을 통하여 의뢰인, 아니 내담자를 분석하고

향후 진행할 방향과 일정을 정하게 된다.

대개 이를 판단하기 위해서는 일주일 정도 소요된다.

그리고 2차 상담에 들어간다.

2차 상담은 법률 상담과 함께 일반 상담을 병행한다.

이혼으로 가는 부부의 경우 법률 상담이 주를 이루고,

재기의 희망이 있는 부부의 경우 일반 상담이 주를 이룬다.

이혼과 같은 가사 사건만 이 방법을 택하는 것이 아니다.

민사 소송도 마찬가지이다.

소송은 분쟁이다.

칼로 무를 베듯 사건을 해결한다 해도

항상 감정의 앙금이 남아 있다.

소송을 진행하면서 마찬가지로 사건으로 인해 받은

그의 감정을 다스리는 작업을 병행한다.

상처 난 마음이 있다면 일반 상담을 통하여 치유하고

마음이 개방된 관계에서

의뢰인과의 거리를 한층 좁힐 수 있었고,

그만큼 법률 서비스에 대한 신뢰를 증진시킬 수 있었다.

내 의뢰인들은 만족스러워했다.

아직도 일반인에게 변호사의 문턱은 높기만 하다.

몇 백만 원의 수임료를 지불하고도

변호사의 얼굴 한번 못 본 사람들도 많다.

비록 두서없는 횡설수설 수다이지만

변호사에게 말하는 과정에서

그들은 마음의 상처를 치유해 간다는 사실을 알았다.

단순한 수다가 아니었다.

처음에는 법을 모르니 이것저것 다 이야기하려는 것이려니 생각했다.

그러나 그것이 아니었다.

그 사건으로 인하여 입은 마음의 상처를 치유 받고자 하는

본능적인 행동이었다.

그런데 우리는 그 마음을 알지도 못했거니와

설사 알았다 하더라도 마냥 다 들어 줄 수 있는 여유가 없었다.

시간이 돈인 변호사가 아무런 대가 없이

마구 떠드는 말을 다 들어 줄 수는 없는 일이었다.

나는 이 구조에 일반 상담의 메커니즘을 도입하여 해결 대안을 찾았다.

변호사는 수임료와는 별도로 일정의 상담료를 받고

일반 상담을 진행하거나

전문 상담가와 병행하여 법률 상담을 진행하는 것이다.

이를 위해 나는 문화영성학 석사를 거쳐

상담대학원 대학교에서 상담학 박사 과정을 밟았다.

결과는 대성공이었다.

박 변의 처형과 1차 상담을 한 결과,

비록 파탄에 가까웠지만 다행히도 재기의 가능성이 있었다.

서로에 대한 좋은 감정이 남아 있었고

무엇보다도 아이들을 아끼는 마음이 있었다.

중2와 고1 교육에 온 신경을 써야 할 때였다.

아이들의 과외비를 충당하기 위해

그녀는 현재 대형마트 계산대에서 일하고 있었다.

그녀는 원래 은행 직원이었다.

회계학과를 졸업하고 15년 가까이 은행에서 일을 했다.

직장을 그만둘 때 모두들 어리석은 짓이라고 만류했다.

그러나 첫 아이 출산을 앞두고 과감하게 안정된 직장을 벗어 던졌다.

그녀 역시 우리나라 여성의 생애주기 직장 그래프인

M자형 이론에 포함되어 있었다.

물론 남편도 동의한 부분이었다.

그 당시 남편이 하는 사업은 제법 자리를 잡고 있었다.

아파트 건축 자재 중에서 욕실 타일을 공급하는 일이었다.

세라믹 소재의 타일을 공급하는 것으로

처음에는 물량이 부족할 정도로 수요가 넘쳤다.

그렇게 남편은 작은 업체를 운영했다.

그러나 2년 전부터 수요가 부진하더니 결국 부도가 나고 말았다.

그는 종일 집안에서 인터넷 게임을 하거나

신문을 보는 일이 전부였다.

한 달, 두 달이 지났다.

6개월이 지났다.

할 수 없이 아내가 직장을 나가지 않으면 안 되었다.

은행에서 유능했던 그녀이지만 이미

주부라는 이유 하나만으로 산업 전선에서 그녀의 지위는

최하층의 자리였다.

학력도 경력도 아무런 의미가 없었다.

사실 주부라는 허울만 아니라면

충분히 인정받을 수 있는 조건을 구비했다.

주부라는 이유 때문에 면접도 거절당했다.

그러다가 운 좋게 대형마트의 계산대 일자리를 잡았다.

그때부터 그녀는 슈퍼우먼이 되어야 했다.

아침에는 가족들의 식사,

낮에는 직장일, 그리고

퇴근하자마자 가족들의 저녁식사를 준비하고

남편이 하루 종일 집안에 처박혀 있으면서

수북이 쌓아 놓은 빈 그릇부터 씻어야 했다.

밀린 빨래를 돌려야 했다.

뒤집힌 속옷과 양말처럼

그녀의 속도 뒤집히고 있었다.

남편이 소파에 누워 심야 프로를 보는 동안

그녀는 식구들의 내일 아침 먹거리를 준비해 놓아야 했다.

주말이면 일주일 동안 쌓인 집안 쓰레기를 치우는 일부터

집안 곳곳을 청소해야 했다.

그 일들에 남편은 아무런 개입도 하지 않았다.

당연히 여자의 몫이라고 여겼다.

그도 그녀도 그것을 당연한 것으로 받아들였다.

언제부턴가 하루만이라도, 단 하루만이라도

푹 자는 것이 소원이 되어 버렸다.

성 역할 이데올로기가 그들의 정신을 지배했고

몸을 조정했다.

사랑하는 아내는 하루 종일 서 있느라고 다리가 붓고

집에 와서 또 하녀처럼 이리저리 뛰어다니며

아이들을 수발하고

남편을 봉양했다.

야식 하나를 먹어도 엄마가 필요했고,

물 한 잔을 마실 때에도 아내가 필요했다.

남편도 아이들도 파김치가 된 엄마의 모습을 보고

안타까운 마음, 미안한 마음은 있었다.

'그런데 어쩌란 말인가? 그게 여자인 엄마의 숙명인데.'

더 이상 버틸 수가 없었다.

정신적·육체적 에너지가 고갈되어 가고 있었다.

변화가 필요했다.

그녀만의 투쟁이 시작되었다.

아직 머리가 말랑말랑한 아이들은 엄마의 투쟁에 백기를 들었다.

우선 세탁기를 돌리는 방법부터 배웠다.

자기가 사용한 빈 그릇을 씻어서 식기함에 넣는 법을 배웠다.

학교에 갔다 오면 양말을 가지런히 벗어 놓는 법도 그 중의 하나였다.

그러나 남편은 경우가 달랐다.

가사분담은 아니더라도 집안일을 돕겠다고 했다.

하지만 일주일이 채 못 갔다.

다시 원상태로 되돌아왔다.

아내의 잔소리가 시작되었다.

처음에는 집안일에 대한 이야기를 꺼낸 것이

종국엔 늘 남편의 자존심에 관한 문제로 귀결되고 있었다.

"그래, 아무리 그렇다손 치더라도 그래도 내가 남편인데……,

집에서 놀고 있다고 사람을 무시해도 어느 정도지."

그렇게 끝을 내고 담배를 피우러 밖으로 나가 버렸다.

그녀는 갈등하기 시작했다.

가장이 자기 구실을 하지 못하는 데 대해

자존심을 지켜 주어야 한다는 것을 잘 알면서도

인간에 대한 배신감이 치밀어 올라왔다.

어떻게 대처해야 할지 막막했다.

언제부터인지 집에만 들어오면 세상이 지옥으로 변했다.

분명 지옥이었다.

숨을 쉴 수 없었다.

1차 상담을 분석했다.

분명 건강해질 수 있는 가정이다.

그리고 무엇보다 사춘기의 아이가 있는 가정이어서

이혼은 시한폭탄이 될 수 있었다.

우선 이 가정은 성난 가시들을 진정시켜야 한다는 처방을 내렸다.

부부상담 전문가인 이 교수의 도움을 좀 받기로 했다.

가정이라는 공간은

집이라는 단순한 물리적인 공간이 아니다.

애정과 사랑이 교감하고

증오가 분노가 교차되는 곳이다.

가장 가깝게 정신적·육체적 접촉이 가능한 곳이다.

그렇기에 거기서 우리는 가장 치명적인 상처를 받기도 한다.

남자로 태어난 것과 여자로 태어난 것이 무슨 의미가 있을까.

무슨 차별이 존재할까.

그런데 현실에서는 분명히 저항할 수 없는 의미가 있고

감당할 수 없는 차별이 존재한다.

남존여비, 삼부종사.

'어디 여자가 감히'라는 성 이데올로기가

우리 뼛속 깊이 스며들어 있다.

그리고 대물림되고 있다.

나 역시 그렇게 배웠고

그렇게 살아왔다.

그들과의 상담에서 나를 되돌아보게 되었다.

마찬가지였다.

아내도 나도 똑같은 고시를 합격해서

변호사라는 사회적 지위로 같은 길을 걷고 있다.

하지만 집안으로 이동하는 순간 아내와 나는 별개의 지위가 된다.

남편과 아내,

남자와 여자.

아내는 헐레벌떡 옷을 갈아입고

가족들을 위해 저녁을 준비한다.

반면에 나는 소파에 앉아 리모컨을 들고 텔레비전을 본다.

상담 과정에서 전이와 역전이가 일어났다.

그들의 모습 속에서 나를 발견했다.

나 역시 성찰의 시간이 필요했다.

그들에게 변화를 주문했다.

부부 클리닉 센터에서 남자는 집안일에 대해 많은 것을 배울 것이다.

나 역시

비록 아내가 끓이는 것보다 맛은 없지만 된장국을 끓여 보기도 하고

콩나물을 삶아 보았다.

아이들을 위해 달걀을 삶아 보기도 했다.

아내가 저녁식사를 준비하는 동안

하루 종일 이리저리 뒹굴어서 땀에 젖은 아이들을 씻겼다.

아내가 설거지를 하는 동안 거실을 걸레질했다.

이제 나는 오리탕을 맛있게 끓일 줄 안다.

오리를 알맞게 토막 낸 다음

고사리, 토란대 등을 넣고

마늘, 된장, 고춧가루로 양념한다.

팔팔 끓는 동안 기름을 걷어 낸다.

부추도 곁들인다.

나만의 레시피는 거기에 소주나 와인을 첨가하는 일이다.

청소는 거의 내 몫이 되어 버렸다.

식사를 하고 운동도 할 겸

걸레에 물을 묻혀 짜고

발로 운동을 하듯 지나가면서

먼지를 훔쳐 낸다.

10분이면 온 집안이 한결 깨끗해진다.

집안일을 공유한다는 것,

밥을 짓고

몇 가지 찬을 만들 수 있고

세탁기를 돌릴 수 있다는 것은

100세 시대를 살기 위한 필수 항목이다.

점점 맞벌이 부부가 늘어 가고 있다.

주택과 사교육비로 인해 맞벌이를 하지 않으면 안 된다.

그것이 우리의 현실이기도 하다.

일하는 여성이 갖는 갈등은

자신의 직업과 자녀 양육을 비롯한

가사 노동 사이에 느끼는 혼동이 대부분이다.

그러나 우리 사회는

남녀 간의 일과 가족 간의 상호 작용에서

비대칭적 성 역할의 모습을 보이고 있다.

성별 분업 이데올로기 하에서 운 좋게 남편은 등식에서 쏙 빠졌다.

남자는 회사에 나가 가족의 생계를 책임져야 하고

여자는 가사를 전담해야 했던 가족구조 하에서는 이해가 될 법하다.

그러나 대부분의 여자들이 일을 한다.
동시에 가사는 온전히 여자의 몫이다.
주말 새벽까지 준비했던 아이의 간식을
냉동실에서 꺼내 전자레인지에 돌리는 것조차 못 하는 남편이 있다.

그것이 '어디 감히 남자에게 부엌일을?'이라고 생각하는
전통주의적 발상에 의한 것이든 아니든 간에,
그것은 한 손에는 서류 가방을, 다른 한 손에는 어린 아이를 안고
출근하는 아내에 대한 인간적인 배신행위 아닐까.
일전에 환갑을 앞둔 이가 찾아와 이혼 상담을 했다.
다름 아닌 가사 분담 문제였다.
남편은 작은 신발공장의 관리직이었다.
아내도 집을 마련하기 위해 회사엘 나갔으나
첫째가 고등학교에 입학하면서 그만두었다.
대학을 보내기 위해 온전한 힘을 쏟기 위해서였다.
남편은 시계바늘이었다.
출퇴근 시간이 정확했다.
대문을 들어서면서부터 그의 손은 아무런 기능을 발휘하지 않는다.
등 뒤에 손만 뻗으면 닿는 텔레비전 리모컨마저도
퇴근하자마자 옷도 갈아입지 못하고
저녁을 준비하는 아내를 불러 해결했다.
정년을 앞두고 있었다.
남편이 바람을 피운 것도 아니고
술과 도박을 하는 것도 아니었다.

그렇다고 환갑을 앞둔 그녀에게 새로운 남자가 생긴 것도 아니었다.
오직 가사에 대한 짐을 벗어 버리고 싶다는 것이 유일한 이유였다.

가사 분담은 남편의 성 전략과 아내의 성 전략의
상호작용에 따라 달라진다.
비록 성 전략이 다르다 할지라도
서로 사랑하면서 행복하게 살려고 한다.
그러나 거기에는 너무 많은 일방의 희생이 따랐다.
그것이 여자의 숙명이라고 생각하는 사람은 이제 없다.
가사 분담이 당연하다고 생각하는 부부들이 대부분이다.
실제로 가사를 분담하는 부부는 드물다.
요즘 가사 분담에 대한 삐걱거림으로
우리가 치르는 비용은 계산할 수 없을 정도이다.
부부 갈등, 이혼, 자녀 문제 등이 가정의 문제를 넘어
이미 사회 문제화 되고 있다.
행복한 부부의 조건은 무엇일까?
맞벌이 가족 구조 하에서 남편이 적극적으로 가사에 참여하느냐
안 하느냐에 따라 그것이 달라졌다.
가사 분담은 부부 관계의 윤활유이자 상대방에 대한 배려이다.
집안의 따뜻한 기운이다.
남편과 아내 모두가 가사를 공평하게 분담하고,
가사의 가치를 존중해야 한다.
그리고 편안한 가정 공간을 형성하기 위한 서로의 교환 행위에
진심으로 감사하고 고마워해야 한다.

잠자리에 들면서 이렇게 말하자.

"오늘도 고생했어요, 고마워요."

그 말은 일과 가사로 녹초가 된 부인에 대한,

그리고 남편에 대한 배려이고 사랑이다.

그 말은 노후에 등 긁어 줄 친구를 잃지 않기 위한 담보이다.

내가 쌀을 씻어 밥을 짓는다고 해서

가장이 뒤바뀐 것도 아니었다.

예전과 다름없이 나는 나였고, 아내는 아내 그대로였다.

6남매의 다섯째로

나와 막내 동생은 쌍둥이였다.

차향 가득한 산골이 내 고향이다.

사방이 산과 대나무밭으로 둘러싸여 있다.

마을 어귀에는

일제 강점기 때 건설된 수력 발전소가 있다.

그 주변에 황금 들녘이 있는 그림 같은 곳이다.

선친은 순천사범고등학교 졸업을 앞두고 중도에 하차했다.

당시 배운 것을 다 풀지 못했다.

한평생 흙과 소, 그리고 지게를 벗 삼으며

봄이면 모내기하고 여름이면 김을 매고 가을이면 추수하고

겨울이면 땔감을 마련하기 위해 산으로 올라가셨다.

환갑이 되던 그해 겨울

평소 중풍과 고혈압으로 고생하던 그는

토실토실 살이 찐 누렁소와

손때로 반질반질해진 작대기와 지게만 쓸쓸히 헛간에 놔두고

정작 당신은 깡마른 목석이 되어 우리 곁을 떠났다.

참 마음이 따뜻한 분이셨다.

초저녁잠이 많으셨다.

저녁 진지가 끝나기 무섭게 졸곤 하셨다.

우리 집은 동네 사랑방이었다.

늘 저녁이면 동네 어르신들이 집에 와서 한두 시간 놀다 가셨다.

그 와중에 졸면서 텔레비전도 보고 고구마도 쪄먹고

마을 중대사를 논의하기도 했다.

새벽이면 한결같이 부친의 콜록거리는 소리가 들렸다.

늘 족보를 보시거나

면사무소에서 가지고 온 서류를 정리하셨다.

부친은 마을 이장 직을 30년 가까이 해오셨다.

그리고 5시경이 되면

여름이면 소꼴을 베기 위해 들로 나가셨고

겨울이면 식구들을 위해 아궁이에 불을 지피셨다.

한결같았다.

무뚝뚝하고 표정이 별로 없으신 분이었다.

하지만 식구들을 위해 항상 따뜻한 물을 데워 놓았고

부엌에서 숯불을 놓아 어머니와 단둘이 인절미를 구워 드셨다.

그리고 김장철이면 지게로 수백 포기의 배추와 무를 옮겨 주셨다.

메주를 삶아 주셨고

함께 메주를 만드셨다.

설날이면 어머니와 밤을 새가며

가래떡을 썰었다.

아궁이로 놀러온 새끼 염소와 장난을 치시고,

늘 뒤통수가 한 움큼씩 서 있고

입가에 막걸리 자국이 있던 외팔이 방앗간 아재를 보면

멀리서도 반갑게

"어이, 이제 일어났냐? 그래서 밥은 얻어먹겠는가?"

"허~, 허~, 나나 잘해라 이놈아."

그렇게 너스레를 떠는 속정 깊은 분이셨다.

아버지는 그렇게 집안일을 어머니와 함께 했다.

나도 아버지의 그 모습을 그대로 닮아 가는 것이다.

좀 더 세련된 방식으로 말이다.

제 9 장

성주 녀석

성주 녀석

"선생님, 어떻게 하면 좋습니까?"

"그러게 말입니다. 성주라고 했니?"

대답이 없었다.

"분명히 네가 한 행동이 맞니?"

"이 녀석아, 변호사님이 묻고 계시잖니. 말을 해야 너를 도울 것 아니니?"

정작 죄 지은 놈은 천하태평인데

낳은 죄로 어미는 애간장을 태우고 있다.

"선생님, 우리 애는 절대로 쌈질을 하는 그런 애가 아니거든요."

중학교 3학년.

성주는 반 친구와 싸우다가 그만 친구의 갈비뼈를 부러뜨렸다.

특목고 합격자 발표가 있는 다음날이었다.

"야! 공부벌레 너도 별 수 없구나."

친구의 비아냥거림에 화가 나서

밀친 것뿐이었다.

여태까지 싸움을 해본 적이 없었다.

"제가 피해자의 부모님을 만나 사과하고 용서를 빌었어요."

피해자의 부모는 화가 많이 나 있었다.

반 지하 집이었다.

저녁 여덟 시가 넘어서야 겨우 만날 수 있었다.

두 시간 반을 길거리에서 서성이며 속을 태웠다.

"엄마, 그만 가면 안 돼?"

"무슨 소리야, 네가 잘못을 했잖아. 용서를 구해야지."

"아니야, 그 녀석이 먼저 저를 놀렸어요."

"그렇다 하더라도 친구를 때려 갈비뼈를 부러뜨린 건 잘못이야."

미용보조 일을 마치고 돌아온 친구의 엄마는 성주를 보더니

다짜고짜 도끼눈을 뜨며

"쌈질이나 하게 생겼구나.

세상에 무슨 애가 친구의 갈비뼈를 나가게 하냐?"

하고 소리 지르더니

"애 교육 똑바로 시키세요. 가만히 안 둘 거예요."

하며 성주 엄마를 윽박질렀다.

성주는 고개를 숙인 채 아무 말 하지 않았다.

그 옆에서 엄마는 연신 허리를 굽히며

용서를 빌었다.

"입이 열 개라도 드릴 말씀이 없습니다. 용서해 주세요."

"치료비는 어떻게 할 거예요?"

"당연히 저희가 부담을 해야지요."

찾아가서 용서를 구하는 것이 도리일 듯싶었다.

자식 둔 부모는 늘 죄인이라 했다.

성주의 엄마는 초등학교 교사였다.

아이 친구 엄마의 눈을 마주칠 수가 없었다.

그런데 그게 화근이 돼버렸다.

전화로 돈을 요구했다.

적정한 보상을 하지 않으면 가만두지 않겠다며

매번 요구하는 보상금의 액수가 올라갔다.

그것이 나를 찾은 이유였다.

이렇게 나오는데 합의는 해야 될지,

얼마로 하면 될지

합의서 작성과 공증을 문의하기 위해서였다.

"폭행이나 상해 사건의 경우

가해자의 경제적 사정에 따라 차이는 있지만

보통 주당 20만 원부터 50만 원 정도 계산하시면 됩니다."

"그런데 피해자 측은 4,000만 원을 요구하고 있어요."

다른 특별한 계산 공식은 없었다.

얼마 전부터 피해자의 집주인은 전세금을 올려 주든지

집을 비워 달라고 똥배짱을 부리고 있었다.

피해자에게는 아들의 사고가 유일한 해결책이었다.

"아이들이 싸우는 과정에서 갈비뼈가 나간 것치고는

좀 무리한 요구인 것 같군요."

피해자는 아이를 고소하겠다고 으름장을 놓고 있다.

"저와 애 아빠는 대처할 방법을 모르겠어요.

변호사님께서 사건을 처리해 주실 수 있나요?"

"물론이죠."

"성주가 아직 어립니다. 가급적 사건화 되지 않도록 해주실 수 있나요?"

"다행히 성주가 아직 형사 미성년자여서……."

설명을 듣고 있던 녀석이 고개를 숙였다.

바닥에 눈물이 떨어졌다.

그냥 학교에서 일어난 일이고

잘못을 빌었고 용서를 구했다.

그러면 모든 것이 끝인 줄 알았다.

그래서 엄마가 받는 모욕을 듣고만 있었다.

그런데 자신이 한 행동으로

엄마가 생전 처음 본 아줌마에게 굽실거리며 욕을 먹었다.

또 터무니없는 돈을 요구당하고 있다.

돈을 주지 않으면 수사 기관에 고소하겠다고 으름장을 놓고 있다.

그래서 변호사 사무실이라는 곳에 와 있다.

겁에 질렸던 성주가

'다행히'란 말에 그만 긴장이 풀린 모양이다.

성주는 어른들의 세계를 보았다.

무서웠다.

복잡했다.

뭔가 이상했다.

그냥 비아냥거리는 것이 싫었다.

특목고에 떨어진 것도 창피했다.

분했다.

화가 났다.

하지 말라고 밀친 것뿐이었다.

그런데 녀석은 책상 모서리에 넘어지면서
갈비뼈가 나갔다.
잘못을 빌고 용서를 구했다.
서로 악수하며 한번 피식 웃으면 끝나는 줄 알았다.
더 이상의 복잡한 공식이 개입할 여지가 없었다.
그런데 어른들의 세계는 분명 달랐다.

"성주, 울지 마세요. 별일 아니니까."
녀석의 어깨를 두드려 주었다.
초등학교 4학년부터 여태까지
특목고에 가기 위해 엄마와 함께 달려온
그 긴 터널의 끝이 보이지 않았다.
"괜찮아, 일반고도 충분히 장점이 있어. 기운 내고 열심히 하자."
방문을 닫고 나가는 엄마의 실망스런 표정과
축 처진 어깨가 자꾸만 성주의 머리를 떠나지 않았다.

참 별난 세상이다.
중학교 3학년
선행학습
영어 연수
중국어 연수
특목고에 맞는 특기 적성 과외
각종 대회 참여.
가족 중 제일 바쁘다.

모두 그렇게 하니 안 할 수도 없는 일이다.

안 할 수도 있다.
사실, 용기 있는 사람들은
아이들을 대안학교에 보낸다.
콘크리트 건물 안
학교
학원
그곳에서
순수한 영혼을 지켜 주고 싶었다.
길가의 이름 모를 꽃들,
아침 이슬을 먹는 달팽이,
고개를 처박고 통통한 엉덩이를 실룩거리는 호박벌,
저물어 가는 석양 아래서 친구들과의 재잘거림.
그 속에서
하루가 어떻게 지나가고
계절이 어떻게 바뀌고
나와 너의 소중함
사랑과 신뢰
사람들과의 소통
자연과의 소통 등

정작 우리에게서 멀어져 간
소중한 것들을 되찾아 주고 싶었던 게다.

"그래, 성주가 참 힘들었구나."

나는 녀석을 위로해 주었다.

녀석은 연신 고개만 숙이고 있었다.

"진단서가 나왔나요?"

"아직 병원에서 진단서를 발부받지는 않은 것 같습니다."

"알겠습니다. 우리 측의 행동으로 갈비뼈가 나간 것은 사실이니까,

거기에 대한 법적인 책임은 져야겠지만,

일방적이고 무리한 그들의 요구를

모두 받아들일 필요는 없다고 봅니다.

최선을 다해 처리하겠습니다."

"다시 생각해 볼 수 없겠니?

너무 성급한 결정 아닐까?"

"특목고에 들어갈 수 없는 이상 공부가 무슨 의미가 있겠어요?"

"일반고를 통해서도 얼마든지 대학에 갈 수 있단다.

특목고, 일반고 다 장단점이 있어.

장점을 잘 활용하면 성주가 원하는 대학에 갈 수 있단다."

성주는 이야기 치료 과정에 있다.

특목고에 떨어진 이후 공부를 하지 않고

학교에서는 멍하니 있고,

집에서는 이불만 뒤집어쓰고 있는 녀석을

상담을 병행한다는 내게

성주 어머니가 청소년 상담까지 의뢰했다.

나는 성주의 멘토가 되기로 했다.

성공과 실패

그것이 세상의 전부인 때가 있었다.

나 역시 그랬다.

그러나 그것은 인생에서 지나가는 하나의 과정일 뿐이다.

녀석에게 이야기 치료를 진행했다.

이야기 속에는 지혜가 담겨 있다.

너와 나의 삶을 이야기화함으로써

그 너머에 있는

생명력

진실

사랑

너와 나의 소중함을

성찰하게 한다.

그 과정에서 이야기는 우리 마음의 상처를 어루만져 아물게 한다.

성주를 앞에 두고 나는 내 이야기를 풀었다.

나를 개방했다.

고시 공부를 하느라고

입대를 미루다 한계에 다다라

군에 입대했다.

강원도 철원평야가 자리 삽은

철원군 갈말읍 문혜리에 있는 포병 대대였다.

늦깎이 고시 패잔병으로 호적 나이 스물여덟,

실제 나이 서른 살에 이등병을 달았다.
이렇다 할 직장도 없었고
결혼도 하지 않았고
가진 것도 없었다.
혈혈단신 몸뚱어리뿐이었다.
어떻게 해야 할지 몰랐다.
천성이 긍정적인 놈이라 고시를 그렇게 낙방하고도
늘 언젠가 합격할 것이라고
법복 입은 자신을 그려 가며
공부를 했었다.
삶을 포기하는 사람들을 솔직히 이해하지 못했다.
어리석고 나약한 사람이라고 치부했다.

그런 내게도 죽고 싶은 때가 있었다.
앞이 안 보였다.
왜 사람들이 자살을 하는지 점점 이해가 되었다.

1차를 합격하고도
입영 연기를 할 수 없어
군대에 온 사실이 나를 더 힘들게 했다.
모두들 신림동 고시촌에서
밤을 새우면서 2차를 준비할 텐데.

내가 고작 할 수 있는 일은

일과 후 30분 정도의 자유 시간 동안

시장보다 더 왁자지껄한 내무실에서

책을 보는 것이었다.

그러면서도 단 하루도 책을 놓지 않았다.

포기하지 않았다.

훈련병 때도 마찬가지였다.

그때는 정식으로 책을 보는 것이 금지되어 있었다.

그래서 나는 책을 찢어서 주머니에 넣고 다니면서

편지를 읽는 것처럼 쉬는 시간에 공부를 했다.

누군가 나를 미친 사람이라고 손가락질했을 법도 하다.

하지만 주위에 신경 쓰지 않았다.

신경 쓸 겨를도 없었다.

합격을 위해 공부해야 했다.

내가 가야 할 길이 있었기 때문이다.

군복무를 하는 동안

한결같이 했던 기도는

"주님, 저도 당신처럼 서른세 살이면

공적 생활을 하게 해주십시오.

당신의 뜻에 따라 열심히 살겠습니다."라는 것이었다.

예수님께서 십자가에 못 박혀

부활의 신비를 보이신 것이 서른세 살.

서른 살에 군에 입대했지만

제대를 하고 난 후에는

시험에 합격하여
당당히 법조인의 길을 걸을 수 있게 해달라는 기도였다.
간절했다.

2차를 6개월 남겨 놓고
독신자 숙소의 화장실과 복도를 청소하고 관리하는
BOQ 관리병으로 자리를 옮겼다.
눈물로 호소했다.
공부를 좀 할 수 있게 해달라고 말이다.
온몸이 땀범벅이 되도록
화장실 청소를 했다.
빨리 끝내는 만큼 공부할 시간이 많아진다.
그렇다고 건성건성 하면 처음부터 다시 해야 하기 때문에
오히려 공부 시간이 줄어든다.
비오는 날이면 복도를 하루에도 열두 번씩 물걸레질해야 했다.
흙강아지처럼 간부들이 전투화에 흙을 묻히고 다녀
청소를 해야 했다.

청소가 끝나면
이제 나만의 시간이다.
창고로 들어가 공부를 했다.
한 평 남짓의 곰팡이 핀 공간이었지만
지금의 나를 있게 해준 곳이다.
답답함에

뛰쳐나가고 싶을 때도 있었다.

어느 순간 마음이 약해져

모든 것을 포기하고 싶을 때도 있었다.

그때마다 성모송을 읊었다.

'은총이 가득하신 마리아님 기뻐하소서……'

그때처럼 묵주기도를 많이 올린 적도 없다.

눈물로 말이다.

간사한 게 인간이다.

커피가 유일한 낙이었다.

공터에 나가 먼 하늘을 바라보았다.

민들레가 지천이었다.

노란 꽃이 피고 나면

민들레 홀씨는 내 마음처럼 또 자유롭게 허공을 날아 다녔다.

제기랄, 철원의 하늘은 늘 숨 막히도록 아름다웠다.

담배 한 개비를 피우고

다시 창고로 들어갔다.

그렇게

6개월을 보냈다.

밤이면 경계 근무를 섰다.

어릴 적 산골 고향에서 본 밤하늘처럼

보석을 뿌려 놓은 듯

반짝이는 별들이 철원의 밤하늘을 가득 채웠다.

케이스(case) 문제를 머릿속으로 풀었다.
다음 날 오전에 체크를 했다.
그렇게 공부를 했다.
절대시간이 부족하다 보니
그게 내가 할 수 있는 유일한 방법이었다.

그것이 지금의 나를 있게 해주었다.
2차를 합격했다.
나 자신도 믿기 어려웠다.
모두들 기적이라고 했다.
그것은 내 눈물의 답이었고
피땀의 답이었다.

이야기를 진행하는 동안
나는 과거의 나를 만났다.
두렵고
외로웠던
그를 나는 위로해 주었다.
안아 주었다.
칭찬해 주었다.

녀석도 마찬가지였다.
내 이야기 속에서
녀석은 녀석대로
과거의 그를 만나고 있었다.

제 10 장

세팅된 삶, 고시촌 용달

세팅된 삶, 고시촌 용달

눈이 부시게 하늘이 아름답던 날
엄마와 딸로 보이는 두 사람이 사무실을 찾아왔다.
딸의 이혼 문제에 대해
한 실장이 초벌 면담을 했다.
재판 기일을 마치고
비행기 시간이 남아
가는 길에 들른
부산에서 활동하고 있는 이 변호사와
차를 한 잔 마시던 터였다.

"변호사님, 결혼한 지가 얼마 안 됐어요.
둘 다 20대입니다.
이혼하기엔 너무 성급한 것 같습니다.
급한 사안이 아니므로 예약제로 돌리시죠."
상담일지를 가지고 와서
한 실장이 보고했다.
"그러시죠. 제 스케줄이 다음 주 목요일 오후가 여유가 있군요."
"그럼 다음 주 목요일 오후 세 시로 예약을 잡겠습니다."
예약제.
개인 변호사 사무실에서 예약제를 운영한다는 것은 좀 생소했다.

대형 로펌에서나 가능한 줄 알았다.

병원처럼 긴급 상황이 발생하는 것도 아니다.

시간적으로 여유 있는 직업 중에 하나이다.

그러나 항상 시간에 허덕인다.

언제 찾아올지 모르는 고객 때문이다.

과감하게 예약제를 도입했다.

어느 정도 시간을 통제할 수 있었다.

초기에 많은 의뢰인들이

'무슨 이런 변호사가 있어, 배가 불렀나 보지.' 하며

투덜대거나 괘씸하게 생각하는 눈치였다.

고객을 상대로

감히 시간을 통제하려는 의도가 불순하다는 것이겠지.

돈,

무엇이든 살 수 있는 절대 권력이다.

그 앞에 당당한 것은

죽음뿐이다.

도대체

돈이 뭐기에…….

예약제 운영으로 고객 몇을 잃었다.

하지만 점점 많은 고객들이 합리성과 편리성을 공감하고

예약제를 운영하는 보잘것없는 나를 신뢰하고 만나 주었다.

마음의 여유를 찾았다.

나만의 시간을 확보했다.
상담학에 관한 논문을 쓰고
구청에 나가 무료 법률봉사를 했다.
자문 위원회 위원으로 활동하고
학회 세미나에 참석했다.
예약제 덕분이었다.

목요일 오후 세 시.
"차 한 잔 드릴까요?"
"아닙니다."
"이혼을 생각하고 있군요?"
상담일지를 뒤적이며
그녀에게 물었다.
"네."
"무슨 문제가 있나요?"
"사실은……."
눈물을 글썽이며
그녀는 말끝을 흐렸다.
이혼 상담을 하다 보면 우는 모습을 자주 본다.
울게 가만히 둔다.
우는 게 자연스러운 것 아닌가.
입던 옷도 해지고 낡아 버릴라치면
마음이 허전할진대.
'이제 정말 이혼을 하는구나.'

많은 생각이 오갈 게다.

잠깐 동안 말문이 막혀 있던 사이에 그녀의 엄마가 바로 개입했다.

그 잠깐을 못 기다리고

다 큰 딸의 이혼 문제에 감 놔라 배 놔라 훈수를 둔다.

"시댁 식구들이 세상에 무슨 종 대하듯 일을 시키고

아주 애를 쥐 잡듯이 하나 봐요."

눈이 벌겋게 상기되어 있다.

"변호사님, 우리 애, 정말 귀하게 키웠습니다."

그녀는 결국 감정에 못 이겨 눈물을 보이고 만다.

"진정하시고 차근차근 말씀해 보세요.

따님의 말을 직접 듣고 싶은데요."

딸이 다시 말문을 열었다.

"시어머니께서 제가 무슨 일을 하든 꾸짖으며 혼을 냈어요.

시집오기 전 사실 아무것도 할 줄 아는 것이 없어서

어느 정도 그럴 것이라고 짐작은 했지만, 날이 갈수록 심해졌어요."

"구체적으로 말씀해 주시겠어요?"

"시댁 바로 옆 동에 살아요.

그래서인지 수시로 저희 집에 시어머니가 드나들어요.

왜 속옷은 삶지 않느냐,

국이 왜 이렇게 짜냐,

화장실이 너무 지저분하다,

온갖 참견을 했어요.

그리고 말끝에는 항상 혼수에 대한 불만이 꼬리표처럼 따라 다녔어요."

"혼수에 대한 불만요?"

"사실 저희 어머니가 신랑 예물은 모두 명품으로 해주셨어요.

하지만 시댁 어른들한테는 가격을 좀 낮춰서 예단을 했거든요.

나중에 집 마련할 때 보태라고……."

"가짜만 쓰는 집안에서 뭘 제대로 배웠겠냐?

제대로 할 줄 아는 게 없어요."

이런 말이 입에 붙어 다녔다.

식장을 잡을 때도 양가 어르신들의 의견 충돌이 있었다.

신랑 측은 호텔에서 하고 비용은 반반 부담하자고 제의했다.

어렵게, 어렵게 예약을 해두었다는 것이다.

그러나 신부 측은 도저히 엄두가 나지 않았다.

결혼식 행사 비용으로 그렇게 엄청난 돈을 쓸 필요가 없다고 생각했다.

개인 사업을 하는 신랑 측과

중학교 교감인 신부 측 입장이 전혀 달랐다.

억대가 넘는 돈을 하루 만에 쓴다는 것을 이해할 수 없었다.

결국 6개월 만에 딸은 짐을 싸서 친정으로 왔다.

남편이 일주일 만에 찾아와

용서를 빌고 잘살아 보겠다고 다짐하고 데리고 갔다.

"우리 식구들에게 준 예단이 명품이 아닌 것은 사실이잖아.

당신이 참고 견뎌야지 어떡하겠어."

돌아오는 길에

전에도 사귀는 사람이 있었는데,

예단 문제로 혼사가 깨졌다는 말을 들었다.

가슴이 먹먹해지기 시작했다.

그런지 석 달 만에 다시 똑같은 이유로 짐을 싸야 했다.

이번에는 남편도 찾아오지 않았다.

두 달 반이 지났다.

여자 쪽에 문제가 있다기보다는

배우자와 시댁 식구들한테 문제가 있어 보였다.

혼인은 사랑으로 맺어진 성스러운 결합이다.

덧셈 뺄셈이 작용할 수 없는 영역이다.

그런데 언제부턴가 우리는 셈을 적용시켰다.

누가 손해를 보았고

누가 이득을 얻었고…….

가슴 아픈 현실이다.

부족한 부분은 채워 주고

힘들 때 기댈 수 있는 곳,

그것이 부부 아닌가?

같은 곳을 바라보며

함께 기뻐하고

함께 슬퍼하고,

그래서 동반자요 부부 아닌가.

내가 이것을 준비했으니

너도 이 정도는 마련을 해야지.

돈,

셈, 공식이

가정 깊숙이 파고들어와 버렸다.

2002년 1월 햇살 따사로운 날
우리는 결혼했다.
아내는
제대 후 공부를 계속해야 했던 나를 배려해
신림동 고시촌에 부엌이 딸린 방을 얻었다.
비가 새는 것을 방지하기 위해
파란색 비닐을 씌운 지붕이 낮은 집이었다.
아내는 거기서 서초동에 있는 사법 연수원을 다니면서
군복무 중인 신랑의 전역을 기다렸다.
나이 많은 고시생들이 저렴한 가격으로 기거하며
공부하는 곳이었다.

가진 것 하나 없었다.
이렇다 할 직장이 있는 것도 아니었다.
군복무 중이었다.
3차 면접에 떨어졌다.
면접을 다시 볼 기회가 있다고는 하지만
불투명한 상태였다.

그래도
아내는 못난 나를 지켜 주고 응원해 주었다.
믿고 따라 주었다.
합격과 관계없이
결혼하자던 약속을 지켰다.

아내 혼자서 준비했다,

식장을 정하는 것부터 예단까지.

당시 나는 상병이었다.

내가 할 수 있는 일은 아무것도 없었다.

맘고생으로 아내는 온몸이 퉁퉁 부어 있었다.

사진 속

신부는 그래도 웃고 있다.

마음이 아프다.

짠하다.

가끔씩 잠자는 아내를 안아 준다.

고마우이.

감사하우.

시험에 떨어진 내 결혼식에 사람들은 별 관심을 갖지 않았다.

행정 보급관과 취사병인 김 상병이 휴가를 내어 찾아와 주었다.

50장의 청첩장을 찍었다.

어머니가 서른 장을 가져갔다.

지금도 열여섯 장이 먼지가 쌓인 채

서재 한 구석에서 쓸쓸히 나를 지켜보고 있다.

철원에서 의정부까지 버스를 탔다.

전철로 김포공항에 갔다.

폭설로 비행이 순연되고 있었다.

직원의 도움으로 어렵게 표를 구해

광주에 도착했다.

무등산 설경이 눈부셨다.

다음 날
성당에서 혼배성사를 보았다.
연세가 많으신 서양 신부님께서 집전해 주셨다.
이국 만 리,
무슨 인연으로 한국 땅에 왔을까.
나와는 또 무슨 인연이 있기에
하느님의 대리자로
결혼의 합법성을 선포하시는 걸까.
살아가면서
또 어떤 인연들을 만날까.
당신은?

그 자리엔 처가댁 식구들과
큰형님 내외분
그리고 증인이 되실 두 분이 참석했다.
신부님께서 집전하시는 동안 나는
하염없이 눈물을 흘렸다.
서럽고
미안하고
고마워서.

결혼식 날

아내의 연수원 교수님과 동기들을 제외하면
하객의 대부분이 시골 어르신들이었다.
고시 패잔병인 나를
안타까워하며 응원해 주었다.
시골 어르신들은
나이가 차서
고운 처자를 만나
혼인한다는 사실만으로도
이미 축제였다.

"만장하신 하객 여러분 !
오늘 저는 하늘 땅 천지신명의 명을 받아 자랑스럽고 사랑스러운
신랑 김하상 군과 신부 한정혜 양의 혼인이 성립되었음을
선포합니다. ……저는 신랑 신부에게 인생의 선배이자 선생으로서
몇 가지 당부의 말씀을 올리고자 합니다……."
은사님의 주례는 길기로 유명했다.
주저리
주저리.
"배고파 죽겠어.
무슨 주례가 이렇게 길어?"
하지만 은사님 당신에게는 배고픈 것이 대수가 아니었다.
예쁘고
복스럽게
이 세상을 살아 주었으면 하는 바람이

너무나 컸다.
이것도 당부하고 싶고
저것도 일러주고 싶고
하고 싶은 말이 많았다.
그게 후배를 사랑하고
후학을 사랑하는
당신의 마음이었다.
큰 그 무엇이었다.
요즘 결혼식장에선
주례도
돈을 주면
해결된다.

무슨 의미가 있을까?
결혼사진 한 장 격식을 갖춘 것 빼고는
바뀌어 가고 있다.
무엇이 소중한 것인지,
우선 가치를 둘 것이 무엇인지.
바보스럽다.

삶에 대한 진지한 태도
부부의 삶
자녀
이웃

사회

진정한 어른이 된다는 것의 의미.

당신은

꼭 인생의 선배로서

사랑하는 후배에게

일러 주고 싶었을 게다.

당부하고 싶었을 게다.

짧은 머리

깡마른 신랑은 마냥 웃고만 있었다.

신혼 첫날 밤

무등산 자락의 무등파크 호텔에서 하룻밤을 지냈다.

그것이

여태까지 우리 부부가 누린 가장 큰 호사였다.

다음 날

선친의 산소엘 갔다.

'아버지, 당신 며느리가 왔어요. 인사 올립니다.

마음이 참 고운 사람입니다.

서로 의지하며

오순도순 행복하게 살겠습니다.

많이 도와주세요.'

아버지께 약속을 했다.

백부님을 비롯한

시골 어르신들께 인사를 올렸다.

평생 흙과 함께 살아온

시골 무지렁이들이었다.

흙이 주는 대로

하늘이 주는 대로

원망하지 않고

그곳에서 태어나

한평생을

살아온 초인들이다.

성경공부를 한 적이 없어도

주님을 섬길 줄 알았고

스피노자, 니체를 들어 본 적이 없어도

삶을 사유하고

철학할 줄 알았다.

인류애처럼

거창하지 않지만

옆집의 슬픔을

내 일처럼 슬퍼하고

속 태울 줄 알았다.

우리 부부도

그렇게 살고 싶었다.

그리고 그들의 품에 안기는 신고식을 치렀다.
그렇게 하루를 보내고
자대 복귀를 위해
밤늦게 광주로 올라왔다.

늘 아내에게 미안하다.
신혼여행을 못 간 것이 마음 아프다.
남들 다 누린다는 호사를 누려 보지 못했다.
못난 사람 만나서 살다 보니 그렇게 됐다.
아직 아내와 나는 여권이 없다.

2002년 9월
울긋불긋 코스모스가 지천이었고
철원평야의 황금 들녘이
노랗게 물들어 있던 날
만기 전역을 했다.

보증금 80만 원짜리 신혼집에서
아무것도 가진 것 없이 우리는 시작했다.
전역을 하고
법무관이 되고서야 해방되었다.
보증금 3500만 원 하는 열 평짜리 원룸으로 이사 가던 날

기쁘고 감사해 하며 서로를 껴안았다.

설렘으로 우리는 밤잠을 설쳤다.

가난한 신혼이었지만

행복했다.

물리적으로 하나의 공간이었지만

그곳엔

나와 아내의 서재가 있었고

쉼터가 있었고

이마를 맞대고 김치찌개를 맛있게 먹을 수 있는 식탁도 있었다.

아내가 연수원을 수료하고 큰애를 임신했다.

입덧이 심해 일자리를 구할 수 없었다.

링거를 맞고

하루 종일 헛구역질을 했다.

아이를 낳고

키운다는 것이

얼마나 고된 작업인지,

그리고 숭고한 일인지

두 아이의 아빠가 되고 나니

희미하게 보였다.

아내가 입덧이 멈추고 취업 전선에 노크를 했다.

다행히 부천에 있는 변호사 사무실에서 사람을 구하고 있었다.

아내의 직장 가까운 곳으로 이사를 했다.

임신 중인 아내를 위한 배려였다.

그 당시 나는 일산에 있는 사법 연수원에서 위탁교육 중이었다.

신림동 고시촌에서 부천으로 이사를 가던 날

책상 하나

옷장 하나

세탁기

가스레인지

식기 몇 벌이 전부였다.

고시촌 이사를 돕는 조그마한 용달을 불렀다.

그것으로 충분했다.

부천 집은

방 둘, 부엌이 딸린 거실이 있는 18평짜리 주택이었다.

나와 아내는

큰 방 침대는 무엇을 살지

작은 방 책장은 무엇을 놓을지

식탁은 어느 크기로, 의자는 몇 개가 좋을지

참 행복한 고민을 했다.

한 푼이라도 싸게 살 요량으로 가구 공단엘 갔다.

옷장이며 침대를 들였다.

화장대도 샀다.

필름지가 붙은 합판으로 만든 것이었다.

그래도 나와 아내는 감사했다.

닦고 또 닦았다.

결혼 10년 만에 생일선물로
단풍나무로 된 화장대를 사주었다.
의자는 없다.
그래도 아내는 고마워했다.
그런 아내를 나는 또 고마워했다.
아내는 단순히 단풍나무 화장대가 아니라
하고 싶은 것
사고 싶은 것 참으면서
한 푼 두 푼 모아 온 내 마음을 받은 것이다.
살림살이를 하나하나 마련하는 재미가 있었다.
그곳에서 둘째를 낳았다.
우리네 부모님이 느꼈던
삶의 재미가 이런 것 아니었을까?
시작이 그랬다.
나도 그랬다.
정말 밥그릇 두 개 국그릇 두 개,
숟가락 젓가락 두 개가 시작이었다.
냉장고를 들이던 날
집사람의 들뜨고 행복해 하던 모습이 아직도 생생하다.
참 열심히, 부지런히 알콩달콩 살았다.
열 살배기, 일곱 살배기 두 사내아이를 키우고
어찌어찌 살다 보니 벌써 10년이란 세월이 흘러 버렸다.
세월이 유수라더니

벌써 아내가 불혹이 되었다.

그랬다.
그들은
부모님이 마련해 놓은 공간인 신혼집에
식만 올리고 들어갔다.
심지어 화장실 휴지까지
부모님이 세팅해 놓았다.
그런데도
삐걱삐걱하다가
이혼을 결심하고 상담하러 온 것이다.

일부는 또 그렇게 '삐걱 인생'을 살아간다.
어른이 되어서도
무엇 하나
독자적으로 결정을 못 하고
엄마에게,
아빠에게
물어본다.
자식을 낳아야 할지
몇 명을 낳을지
언제 낳을지
냉장고는 어떤 제품으로
무엇을 사야 할지
모든 것을 물어본다.
무언가 잘못된 것이 분명하다.

누가 그들을 이렇게 만들었을까?
나
너
그리고
우리가
그들을 이렇게 만들어 놨다.

조금씩
조금씩
조심스럽게 돌려 놔야 하지 않을까.

우리가 아닌
그들을 위해서
돌려 놔야 한다.

제 11 장

가 난

가난

가을의 마지막 끝자락에서
무언가 또 다른 가족 추억을 만들고 싶었다.
영장 당직이어서 아직 결단을 내리지 못하고 있다.
주변의 지인들은 대부분 골프를 배웠다.
주말이면 골프를 쳤다.
나는 골프를 배우지 않았다.
"연구할 게 얼마나 많나요?
그 작은 구멍에 공 넣는 일이 무슨 대수라고."
여름방학 민법 특강 때
정년퇴임을 앞둔
노교수님의 말씀이셨다.
혼신을 다해 이론을 설명하고
자신의 견해를 주장하는
모습이
내게 너무 깊게 각인되었나 보다.

사치라고 생각했다.
살림살이를 마련해 가는 것이
더 신나고
재미있었다.

무엇보다

맞벌이를 하면서

두 사내아이 사이에서 파김치가 되어 있는 아내를 두고

골프를 친다고 밖으로 도는 것 자체가

공평하지 않다고 생각했다.

혹여 골프를 치더라도 꼭 함께 배우기로 했다.

그런 까닭에 휴일이 되어도 나를 찾는 사람이 없다.

속된 말로 인기가 없다.

그래도

가족과 함께할 시간이 많아서 좋다.

아침을 먹고

텔레비전을 보고 있는 내게

노모가 과일 한 조각을 내민다.

칠순이 넘은 노모에게는

불혹을 넘긴 아들이

아직도 애기다.

하나라도 더 챙겨 먹이고 싶으신가 보다.

주로 오전 10시경에 법원으로부터 연락이 온다.

연락이 오지 않으면 그날 당직은 해방이다.

"아빠, 오늘은 어디로 가볼까?"

"우리 온 가족이 한 번 떠나 볼까?"

열 살배기 첫째와 일곱 살배기 둘째가

평소 즉흥적인 아빠의 말투를 흉내 내며 재잘거린다.

"요 녀석들이."

둘을 힘껏 안고 서로의 얼굴을 맞대며 응수해 주었다.

두 녀석의 웃음소리가 거실을 가득 채웠다.

설거지를 하던 아내가 세 아이를 보며

행복한 미소를 짓고 있다.

핸드폰이 울렸다.

"변호사님, 법원입니다. 오늘 당직이시죠?

오후 두 시에 영장 실질심사 한 건 예정되어 있습니다.

그럼, 그때 뵙겠습니다."

나의 의지와는 무관하다.

영장 당직이라는 약속이기 때문이다.

오늘은 담당 계장의 목소리가 그리 반갑지 않다.

'꼬물이'들을 데리고 김포에 있는 갑곶 성지에 다녀올 참이었다.

하지만 모든 계획을 접고 국선 변호를 준비했다.

접견실로 들어갔다.

고등학생으로 보이는 녀석이 벌써 와서 철제 의자에 앉아 있다.

얼굴 표정부터 읽었다.

겁에 질린 표정은 아니다.

자신이 왜 여기 앉아 있는지 짜증나는 표정에 더 가깝다고나 할까.

대부분의 겁에 질린 피의자는 자신의 잘못을 인정한다.

그 경우 자백 사건으로 처리되어 절차가 신속하게 처리된다.

부인 사건의 경우 진실을 밝히는 수사 기관도 힘들고 어렵겠지만,

이를 변호하는 변호인 측도 매한가지다.

사선의 경우야 일한 만큼 보수를 받지만,

얼마 안 되는 국선 비용으로 실질적인 변호를 요구하는 것은

변호사에게 너무 공익적 지위만을 강조하는 것 아니냐는

볼멘소리가

로스쿨 세대가 배출되고 난 뒤 격동을 겪고 있는 상황에서

변호사들의 불만으로 표출되었다.

월말이면 사무실 운영비 걱정을 해야 하는

업계의 사정을 보면 공감이 간다.

국선변호 비용의 현실화도 고민해야 될 때인 듯싶다.

곳간에서 인심 나는 법이다.

하지만 나는 좀 다르고 싶었다.

"사람은 돈을 쫓아다니면 안 된다."

"사람보다 중요한 것은 없단다."

어려서부터 귀가 따갑도록 부모님께 들어 온 가르침이다.

단순한 법적 조력에 그치는 변호 행위를 넘어서

일탈한 그에게 좀 더 다가가고 싶었다.

굳은 얼굴 뒤에 숨겨진 마음의 상처를 어루만져 주고 싶었다.

사건 처리 방향을 잡기 위해

본능적으로 피의자의 표정을 읽었다.

"안녕하세요? 국선 변호인으로 선정된 김하상 변호사입니다."

"……."

이미 기록을 검토했다.

"피의자는 지금 구속 수사를 할 것인지 불구속 수사를 할 것인지
심사를 받는 겁니다. 알고 있나요?"

"예."

목이 잠긴 작은 목소리로

그가 입을 열었다.

"피의자는 2011년 10월 29일 오전 3시 50분경,

영등포구 신길동에 있는 포장마차 유리창을 깨고

두 홉들이 소주 2병, 맥주 5병, 담배 두 갑, 멍게 8마리 등,

시가 18만 원 상당의 물건을 훔친 사실을 인정하나요?"

"네, 술을 마셔서 기억이 희미하지만, 인정합니다."

의외였다.

얼굴 표정에서 읽었던 선입견과 상치된 태도였다.

순순히 자백을 했다.

"그곳엔 왜 갔었나요?"

"신길동 인쇄공장에서 일하는 친구를 만나러 갔습니다."

"친구의 이름은?"

"박형택입니다."

유일한 친구였다.

공부가 싫었고

친구들이 무서워

더 이상 학교에 가지 않은 녀석이다.

중학교 2학년 때

우연히 만난

옆 반 녀석이었다.

그 녀석도

이 녀석도

늘 외로운 녀석들이었다.

중국집을 운영하는 부모님은 항상 바빴다.

주말에도 혼자 집에 있는 경우가 더 많았다.

어렸을 때는 주말이나 방학이면 일하는 부모님을 보면서

중국집에서 혼자 놀곤 했다.

초등학교 3학년이 되면서

부모님은 닌텐도 오락기를 손에 쥐어 주었다.

점점 혼자가 되어 갔다.

집에서 텔레비전을 보다가,

게임을 하다가

그렇게 혼자 하루를 보내고,

외로움이 무엇인지도 모르는 나이에

지독한 외로움을 경험했다.

5학년 겨울방학 때

아버지의 독한 담배를 훔치기 시작했다.

다리가 풀려 안방 한가운데 대자로 뻗어

빙빙 도는 천장을 보다 잠이 들었다.

횟수가 점점 잦아졌다.

학교에서는 말이 없고 착한 아이로 통했다.

교실에서 그의 이름을 불러 주는 녀석은 몇 안 되었다.

학년이 끝나도 말을 섞은 사람이 열 명도 채 안 되었다.

학년이 올라갈수록 더 줄어들었다.

중학교 1학년 때

또래로부터 심한 괴롭힘을 당했다.

매일 1,000원씩 상납해야 했고

가끔씩 그들의 심심풀이 대상이 되어 주어야 했다.

이유가 없었다.

그냥 때리면 맞고

안 맞으면 운이 좋은 날일 뿐이었다.

처음에는 아프고 무서웠다.

그런데 1학년이 끝날 무렵에는

아프지도 않았다.

무섭지도 않았다.

오히려 맞아야 하루가 끝나는 것 같고

어차피 치를 일이라면 빨리 맞는 것이 낫다는 생각뿐이었다.

그런 그에게는 아무도 없었다.

"주변에 친구들로부터 왕따나 구타당하는 사람 있냐?"

한 시간 뒤에 있을 술자리를 생각하며

입가에 웃음을 머금은 담임의

형식적이고 의례적인

종례 시간의 몇 마디 말이 전부였다.

지독한 가난을 대물림시키지 않기 위해

밤이고 낮이고 일만 했던 두 사람.

"학교 잘 다니지?"

하며 어린 자식의 손에 쥐어 주는

땀에 전 천 원짜리로 위안을 삼았다.

모두 유리벽을 사이에 둔 사람들이었다.

외로웠다,

지독하게.

차라리 아무것도 모른다면

투정이라도 한번 부려 봤을 텐데.

가난을 벗어나고자 부모님은 미친 듯이 일했다.

하루 종일 혼자 놀다가 지쳐서

어찌어찌 배를 채우고

외로움에 지쳐서 잠든

어린 자식의 얼굴을 보고 어찌 가슴이 미어지지 않았겠는가.

하지만 돈을 벌어야 했다.

고아였던 부모님은 젊은 날

중국집 배달원과 홀 보조로 만났다.

3평 남짓한 골방에서 다섯 명이 허리를 굽혀 잠을 자야 하는

가난의 혹독함을 처절하게 겪었다.

어머니도 마찬가지였다.

고아였던 아버지는 잠다운 잠을 자본 적이 없었다.

배가 고파서 잠을 설쳤고

추워서 잠을 깨기도 했다.

잠자리도 일정치 않았다.

먹기 위해 일을 해야 했고

눈만 붙일 수 있으면 어디든 잠자리가 되었다.

그러다가 운 좋게
그를 만났고
그녀를 만났다.

결혼식도 올리지 못한 채 미친 듯이 일을 했다.
잠을 줄여 가며 일했다.
새벽 신문배달
학원버스 운전
심야 대리운전
세탁소 배달
중국집 배달 등
파트타임으로 할 수 있는 모든 일을 했다.

그녀 역시 마찬가지였다.
새벽 우유배달
반찬가게 아르바이트
반나절 가사 도우미
식당 그릇닦이 아르바이트
중국집 홀 서빙.

잠자는 시간을 줄여 가며 일을 했다.
그리고 조그마한 중국집을 인수받았다.
20년이 걸렸다.
기적이었다.

가게를 인수받던 날
둘은 소주 한 병을 사이에 놓고
밤 깊도록 서로를 위로하며
지난날의 가난의 아픔과 상처를 달랬다.

가난,
나도 가난이 죽도록 싫었다.
대학교 1학년 겨울방학이 시작될 무렵
선친은 평생 흙을 일군 대가로
여섯 마지기 논을 남기고 세상을 떴다.
그것은 노모의 최후 생계수단이었고
부친과 함께 평생 일구어 낸 당신의 전부였다.
노모는 아들의 학비나 고시원비를 위해서,
당신을 위해서,
단 한 평도 건드리지 않았다.
당신의 분신을 건드릴 수 없었던 게다.
악착같이 일을 했다.
차밭(茶)이며 대파밭으로,
옥수수밭으로
일을 나가 아들의 학비를 조달했다.
물론 그것은 자식들에 의해 공중 분해되는 데
채 1년도 안 걸렸다.
당신은 돌아가실 때까지
그 땅에 대한 미련을 못 버리고

눈을 감았다.

부모 자식 간의 관계가 그랬다.
툇마루 구석
깡마른 어미 개와
토실토실한 강아지의 관계처럼,
자식은 어미의 피와 살을 먹고 사는 법인가 보다.
봄이면 차밭에서, 여름이면 감자밭에서,
가을이면 옥수수밭에서, 겨울이면 대파밭에서 손이 터가며
김치 한 쪽과 찬밥 덩어리를 끼니삼아
새벽이슬을 맞으며 나갔다가
한밤중이 되어서야 돌아왔다.
그렇게 일한 노임으로
학비와
아들의 고시 공부를 뒷바라지했다.
나는 그것으로 살을 찌우고 피를 채웠다.

고시원 비를 내는 날이면
일주일 전부터 공중전화 부스를 서성거렸다.
지금도 공과금이 나오면 항상 첫날 납부하곤 한다.
가슴 조이며 살았던,
죽도록 싫었던 그때를 생각하기도 싫은
삶의 거부 반응인지도 모르겠다.

고시원 비를 내지 못해
중도에 짐을 싸서 고시촌을 나와야 했던 때도 종종 있었다.
심야 버스를 타고 내려오던 날
차창 밖 캄캄한 밤에 희미한 불빛을 보며
뭐가 그리 서러웠는지
한참을 울었던 기억이 난다.

초코파이 두 개와 100원짜리 자판기 커피
아침식사 단골 메뉴였다.
그것이 질릴라치면
학교 앞 슈퍼에서
아침 6시경에 들러 500원짜리 단팥빵을 샀다.
"젊은 사람이 그것으로 요기가 되겠는가?"
빵 한 조각으로 끼니를 때우며
공부하는 나를
안쓰러워하는
슈퍼 할머니의 응원의 박수였다.
빵을 건네면서
눈으로 나를 응원했고,
나는 환한 미소로 답례하곤 했다.
합격 소식을 듣고
마치 당신 자식이 합격한 것처럼 무척이나 기뻐했다.
가난한 고시생이 합격해서 더욱 통쾌했나 보다.
그 당시 김밥은 아주 가끔 누릴 수 있는 호사였다.

공부를 할 수 있다는 사실만으로도 감사하며 살았다.
1,200원짜리 학교 점심은
언제나 꿀맛이었다.

그날은
동문회에서
국회의원 당선자
시장, 군수 당선자
사법시험과 행정고시 합격생
동문을 빛낸 사람들을 위한
화합과 축하의 자리가 있는 날이었다.
트레이닝 바지,
오백 원짜리 호떡에 익숙해져 있었던 내게
너무 생소하고 무거운 분위기였다.
한 번도 만난 적 없는
사람들과의 대화는 사뭇 진지했다.
"김 형, 나는 행정고시 목적이 단순한 공직생활이 아니라
향후 시장으로 나가기 위한 발판으로 생각하고 있소.
김 형은 어떻게 생각하오?"
"예, 꼭 그렇게 되실 겁니다.
저도 기회가 된다면 그렇게 되고 싶습니다."
그러나
다시 만난 사람은 단 한 명도 없다.

힘찬 행진곡과 함께 향연은 계속되었다.

양주와 맥주를 섞어 만든 폭탄주가 오고갔다.

돌아가면서 폭탄사가 있었다.

나 역시 그 자리를 벗어날 순 없었다.

"저는 참 외로운 고시 길을 걸었다고 생각했습니다.

그 기나긴 길을

대파밭이며 녹차밭 일로

뒷바라지를 했던 홀어머님만이

유일한 동행자라고 생각했습니다.

그런데 오늘 이 자리에 와보니

제 생각이 많이 틀렸음을 깨달았습니다.

이렇게 많은 동문 선후배님들께서

못난 저를 바라보고 응원해 주셨다는 것을

이제야 알았습니다.

동문 선후배 여러분,

열심히 최선을 다해 살겠습니다.

계속 지켜봐 주시고 응원해 주십시오."

눈을 감고 한 잔 들이켰다.

답례로 동문의 박수를 받았다.

시간이 흐를수록 빙빙 돌고 속이 메스꺼웠다.

이미 온몸은 빨갛게 달아올랐고

숨이 가파르고 고개가 점점 무거워졌다.

맥주 한 잔에도 화장실을 가야 했던 나는

부친을 꼭 빼닮았다.

지친 농사일에 농주라도 한 잔 걸치시면
발갛게 달아올라
툇마루에서 석양이 비출 때까지
잠을 청하셨다.
눈이 감기고 한없이 하품을 해댔다.
더 이상 사람들의 말에 집중할 수 없었다.
뒷골이 깨질 것 같았다.
나는 연회장 밖으로 나왔다.
동장군의 칼바람이
머릿속을 낱낱이 헤치고 들어왔다.
정신이 맑아졌다.
밤하늘의 무수한 별들이 제각각 자기 자리를 지키고 있었다.
찬 기운에 온몸이 떨렸다.
정신은 맑아진 반면 육체에는 생리 현상이 찾아왔다.
급히 화장실로 향했다.
채 도착하기 전에 이미 한 번 토하고 말았다.
또다시 변기통을 찾지 못하고 세면대에 토해 버렸다.
"욱~ 욱~."
등 뒤에서 은사님이
슬픈 눈으로 지켜보고 계셨다.
"교수님, 죄송합니다. 제가 술을 못 해서요."
"이 사람아, 무슨 소리.

이리 나오시게.

그래, 그렇게 힘들었지?

다 토해 버리시게나.

세상 원망하지 말고 서운했던 것,

분했던 것 다 토해 버리시게나."

당신도

나도 볼에 눈물이 흐르고 있었다.

홀어머니 밑에서 어렵게 공부를 해온 내 모습에서

배를 곯아 가며 독학의 길을 걸었던 젊은 날

당신을 보셨나 보다.

외투를 벽에 걸고

팔을 걷어붙이시더니

가난

배고픔

설움의 한을

한 줌씩 한 줌씩

손수 꺼내 쓰레기통에 버리셨다.

"교……, 교수님! 제가, 제가 하겠습니다."

"저리 가 있게나.

참 쌓인 게 많았나 보이.

서럽게, 서럽게 공부를 했나 보이.

이제 다 잊으시게나.

가난에 대한 원망,

설움에 대한 원망

다 토해내 버리시게나."
못난 제자의 응어리를 노교수는 어루만지고 계셨다.
나는 멍하니 울고만 있고,
은사님은 그 일을 한참이나 하고 계셨다.
그때
은사님께서 흘리시는 눈물을 보았다.
노교수께서 내게 하시고자 했던
무언의 말씀을 지금도 지울 수가 없다.

녀석의 부모도 가난이 죽도록 싫었을 테고
하나뿐인 자식에게 가난을 대물림시키지 않기 위해
그토록 미치도록 일을 했을 게다.
그런데 정작 이 꼴이 뭔가?
하나뿐인 자식은 정서적 지지원을 찾지 못해
성격이 왜곡되었고,
외로움을 채워 줄 게임기는
그를 중독으로 이끌었다.
가난을 극복했지만
너무 많은 것을 잃어버렸다.
누굴 위해 이렇게 달려왔는데,
누굴 위해…….
허망했다.
맥이 빠졌다.

부모님을 만나

외로운 녀석의 마음을 전해야 했다.

다행히도

녀석은 엉클어진 마음을 드러냈다,

비록 방법을 잘못 선택했지만.

접견을 통해 얻은 녀석에 대한 정보를

비교적 자세하게 알려 주었다.

두 사람은 고개를 숙인 채 눈물을 흘리고 있었다.

"두 분을 책망하려고 자리를 마련한 것이 아닙니다.

지금 그 애는 어릴 적 고독과 외로움,

친구들의 왕따와 갈취 등으로

마음에 많은 상처를 입었습니다.

이럴수록 가족의 정서적 지지가 필요합니다."

"저희들이 어떻게 하면 될까요?"

"제가 이미 구청에서 운영하는 가족문제 재활 센터에 문의를 해놨어요.

꼭 시간을 내서 함께 재활 프로그램에 한번 참가하시면

좋을 것 같습니다.

그리고 아이는 별도로 청소년 전문 상담을 병행해야 할 것 같아요.

동의하시면 제가 잘 아는 전문가를 연결해 드리겠습니다."

해답을 찾은 듯

그들의 얼굴이 상기되었다.

생각보다 훨씬 어려운 작업이다.

때론 주저앉고 싶고, 내려놓고 싶을 게다.

긴 터널을

가족이란 이름으로

함께 의지하며 버텨 내지 않으면 성공하기 어렵다.

그들은 그렇게 하겠다고 했다.

이제 녀석만 설득하면 된다.

한 실장을 통해 교도소에 연락하여 접견 가능한 일정을 잡도록 했다.

'주님! 이 녀석을 돕고 싶습니다.

상처 난 마음을 달래 주고 싶습니다.

도와주세요. 아멘.'

제 12 장
위로자의 릴레이

위로자의 릴레이

"바오로 형제님, 어떻게 하면 좋을까요?"

다급한 루치아 수녀님의 목소리가 들려왔다.

신길동에 있는 마자렐로 센터에서

십대 청소년 직업훈련 생활시설을 담당하고 계시는 수녀님이다.

이 센터는 법원으로부터 위탁되거나 아동 상담소를 통해

보호 위탁된 40여 명의 소녀들이 유혹과 상처와 외로움에

흔들리며 피어나는 희망의 꽃을 피우는 곳이다.

"네, 수녀님 무슨 일이지요? 또 데리고 있는 녀석이 말썽을 부렸나요?"

아무 말이 없었다.

또 전화기 저 건너편에서 울고 계신 모양이다.

"수녀님, 너무 속상해 하지 마세요."

한참 후에 루치아 수녀가 말을 이었다.

"저번에 상담 드렸던 애 기억나시는지 모르겠어요.

그러니까, 아버지로부터 초등학교 6학년 때부터 성폭행 당했던

중학교 3학년……"

"기억합니다. 기억하고말고요. 차해림이라는 여학생 말이죠?"

해림의 생부는 참 착한 사람이었다.

비록 어릴 적에 걸린 소아마비로 다리 한 쪽을 심하게 절뚝거렸지만

마을 어귀에 조그만 구둣방을 차려 열심히 살아 주었다.

그러나 불행의 신은 이들 가정을 그대로 놔두지 않았다.

한 푼이라도 더 벌어 보겠다고 일찍 집을 나섰다가

뺑소니차에 치어

그만 현장에서 피범벅이 된 채 싸늘한 주검이 되고 말았다.

한 손에 쥐어진 보온 도시락은 박살이 난 채

김치 국물이 흘렀고 한 덩어리 밥은

저승 밥이 되어 식어 가고 있었다.

그가 아침과 점심으로 때울 두 끼 식사였다.

해림 엄마는 식육점과 고기 집을 함께 운영하는

식당의 보조 일을 다녔다.

그녀는 그곳에서 지금의 남편을 만났다.

정확히 말하자면 성의 노리개가 되어

할 수 없이 함께 살게 된 것뿐이었다.

해림의 엄마는 군더더기가 없는 늘씬한 몸매를 가졌다.

하루하루 무엇이든 해서 돈을 벌어야 했기에

새벽부터 밤늦게까지 일을 했다.

새벽 네 시부터 아침 일곱 시까지는 우유배달을,

오전 아홉 시부터 낮 열두 시까지는 편의점 아르바이트를,

그리고 해림 아빠가 사고를 당한 후부터는

오후 한 시부터 저녁 8시까지 하는 식당 보조 일이 추가되었다.

정말 악착같이 살았다.

그렇게 안 하면 살 수가 없었다.

비단 해림 엄마만 그런 것은 아니었다.

그녀의 주변사람 대부분이 그렇게 살고 있었다.

식당에서 그녀가 하는 일은 그릇 닦는 일,

홀 청소부터 서빙까지 말만 보조이지,

사실 거의 모든 일을 시키면 시키는 대로 해야 했다.

"여기요, 고기 2인분 더 갖다 주시구요, 양념 소스 좀 더 주세요."

"아줌마, 아까 마늘 좀 더 달라고 했는데요."

"소주 한 병 추가요."

여기저기서 주문이 끊이지 않았고, 해림 엄마는 뛰어 다녀야 했다.

일을 마치고 나면 다리가 퉁퉁 부어 있었다.

그래도 옆에서 쌔근쌔근 코를 골며 자고 있는 핏덩이를 보면

모든 고달픔이 눈 녹듯 사라졌다.

해림이는 엄마가 올 무렵인 저녁 8시까지 종일반에서 혼자 놀다가,

집에 오면 텔레비전을 보다 잠이 든다.

2000여 개의 기름 낀 접시를 닦는 일은 쉬운 일이 아니다.

해림 엄마는 혼자 쓸쓸히 텔레비전을 보며 잠들 딸을 생각하며

일을 서둘렀다.

일단 기름기를 제거하기 위해 뜨거운 물에 중성 세제를 섞고

수세미로 그릇을 담그면서 1차 작업을 했다.

기름때를 제거한 그릇을 헹굼 작업을 위해 미지근한 물이 있는

커다란 대야에 옮길 때마다 앞머리가 자꾸 내려왔다.

버릇처럼 그녀는 물 묻은 고무장갑으로 머리를 쓸어 올렸다.

어느덧 앞머리는 땀과 함께 축축하게 젖어 있었다.

이리저리 움직이며 허리를 숙였다 펴곤 했다.

그때마다 가느다란 그녀의 허리 속살이 드러났다.

사장은 손님이 간 뒤 상을 정리하는 그녀를 계산대에 앉아서

매가 병아리를 노리듯 지켜보고 있었다.

깊게 패인 가슴골과 도톰한 궁둥이에서 눈을 떼지 못했다.

그리고 해림의 계부가 되었다.

그는 8년 전 아내를 암으로 잃고 혼자가 되었다.

평생 아침부터 고기를 썰던 그녀는 항암치료를 받으면서

고기 냄새를 역겨워하며 힘들어 했다.

그런 그녀가 하루는 듬성듬성 돼지고기가 든

김치찌개를 먹고 싶다고 했다.

결국 그녀는 김치찌개를 몇 점 먹고,

풀을 뜯던 개가 토하듯 한나절을 모든 것을 토해 내고 갔다.

세상의 모든 미련을 토해 내고 저 세상으로 갔다.

사장은 사고로 혼자가 된 해림 엄마와 재혼을 했다.

강간당한 해림 엄마는 그와의 재혼을 선택할 수밖에 없었다.

어린 여식을 혼자 키우는 것도 버겁고, 혼자 된 사장도 불쌍했다.

그런데 사장은 결혼 후 해림 엄마에게 강한 성적 집착을 보였다.

하루에도 몇 번씩 섹스를 요구했다.

'이 사람이 몇 년 동안 혼자였기 때문에 그런가?'

혼자 그렇게 위로해 보기도 했다.

그러나 일 년이 지나도 증상은 더 심해져 갔다.

손님을 맞이하다가도 그녀를 안방으로 불러 일을 치렀다.

어떤 때는 고기를 숙성시키는 창고에서도 해림 엄마를 덮쳤다.

사장은 해림 엄마가 '서빙'하는 것을 못 하게 했다.

손님들과 말을 섞는 것을 싫어했다.

몹시 불안해했다.

해림 엄마와 그것으로 다투는 횟수가 잦아졌다.

"도대체 왜 그러세요? 제가 뭘 잘못했다고."

"손님들이 자기를 느끼한 눈으로 쳐다보니까."

더 이상 대화를 할 수 없었다.

그녀는 언제부턴가 싸우거나 부부관계를 하고 난 후,

아니 정확히 강간을 당하고 난 후에는 어김없이 비빔밥을 먹었다.

사장이 섹스에 집착하듯, 그녀는 밥에 집착을 했다.

그래야 살 것 같았다.

그런데 어느 순간부터 그놈은 살찐 암퇘지의 살 냄새를 점점 멀리했다.

해림 엄마는 처음에는 미친 듯한 섹스 중독자로부터

해방된 기분에서 살 것 같았다.

그러나 항상 그렇듯 운 없는 년에게는 잠깐의 행복 뒤에

무서운 불행이라는 놈이 진을 치고 기다리는 법이다.

그녀에게도 예외는 아니었다.

그놈은 어린 핏덩이의 살 냄새를 맡고 있었다.

그놈은 다섯 살배기 해림을 무릎에 앉히고

볼을 부비며 텔레비전을 보았다.

그때마다 손이 해림의 팬티에 가 있었다.

해림은 떨리는 목소리로 순간을 면하려 했다.

"아빠, 아빠, 저게 뭐야?"

"음, 뭐?"

그놈은 관심도 없었다,

해림이 무엇을 가리키는지, 왜 그런 말을 하는지에 대해서.

손가락으로 어린 핏덩이의 자궁을 헤집고 있었다.

그것도 모자라 밤이면 그놈의 섹스 중독자는

해림의 항문을 찾고 있었다.

어느 날 유치원 담임선생님으로부터 연락이 왔다.

해림이가 이상한 행동을 한다는 것이다.

낮잠을 자다가 아래옷을 다 벗고 성행위 비슷한 행동을 한다는 것이다.

또래에 비해 정신 연령이 높고 똑똑한데도,

최근 들어 화장실에 자주 가고 대변을 옷에 묻힌다는 것이다.

해림 엄마는 그때부터 그 중독자, 아니 미친놈을 감시하기 시작했다.

그를 해림의 옆에 있지 못하게 했다.

밤에도 해림을 안고 잤다.

그런데 그놈이 본색을 드러냈다.

아무런 이유 없이 그녀를 때렸다.

"아니, 밥이 왜 설익었어? 여편네가 밥 하나 제대로 못 해?"

하면서 밥상을 엎었다.

"도대체 집에서 하는 일이 뭐야? 방이 왜 이리 지저분해?"

하면서 그녀를 개 패듯 때렸다.

뺨을 때리고 주먹질과 발길질을 일삼았다.

그녀의 몸은 항상 파랗게 멍이 들어 있었다.

기구한 인생이었다.

그렇다고 어린 핏덩이를 데리고 길거리로 나갈 자신이 없었다.

점점 무기력해졌다.

해림을 보호해 줄 힘이 없었다.

그녀는 섹스에 굶주린 야수에게 어린 핏덩이를 던져

자신의 생명을 유지해야 했다.

그녀의 선택은 생존을 위한 것이었다.

이성과 지성이 없는, 그야말로 생존을 위한 선택의 법칙.

열대 우림의 동물의 법칙이었다.

다시 해림이 네 가정에 외관적인 평화가 찾아왔다.

그러나 해림이도 해림의 엄마도 몸과 마음이 썩어 문드러져 가고 있었다.

해림은 중학교 2학년 때 계부의 정액을 받아 임신을 했다.

부모는 임신중절을 시켰다.

다행히 여름방학이어서 친구들은 아무도 이 사실을 몰랐다.

해림은 지속적인 악마의 손길로 인해

다른 또래에 비해 성징이 빨리 나타났다.

4학년 때 초경을 치렀다.

비록 중학생이지만 젖가슴이 풍만했다.

해림은 담배를 많이 피웠다.

해림의 엄마도 그놈도 처음에는 뭐라고 하더니

"도대체 나한테 해준 게 뭐야? 씨발, 더러운 연놈들이 지랄하고 있네."

하며 집을 나간 뒤부터는 아예 대놓고 집안에서 담배를 피웠다.

이 더럽고 추잡한 곳이 바로 지옥이었다.

해림이네 가족 누구도 이 상황을 끝낼 용기를 가지고 있지 못했다.

몇 번의 짧은 가출 끝에 다시는 집에 돌아오지 않았다.

해림이는 중학교 3학년이 되면서 인터넷 채팅을 통해 성매매를 시작했다.

마자렐로 센터로 오기 직전 해림이는 용산역 근처 모텔에서

30대 회사원과 알몸으로 있다가 경찰에게 현장에서 체포되었다.

법원으로부터 6호 처분을 받고 센터로 왔다.

검정고시를 통해 해림은 중학교 과정을 마쳤다.

지금은 고등학교 2학년 과정을 준비하면서

미용 기능사 준비를 하고 있었다.

그런데 외출을 나갔던 해림이가 돌아오지 않고 가출을 하더니

성남에 있는 비디오방에서

40대 남자 손님과 10만 원을 받고 성행위를 하다가

또다시 경찰에 붙잡혀

재판을 받게 된 것이다.

"변론 기일이 잡혔나요?"

"22일 오후 2시에 형사법정 602호랍니다."

"알겠습니다. 수녀님, 제가 접견하고 변호하도록 할게요."

그날은 아무 생각도 없었다,

억울해야 한다는 생각 외에는.

왜 하필 내게 그런 일이……

3차 면접에서의 낙방은

고시를 경험해 본 사람 중에서도

정말 극소수에게만 있는

그리 흔하지 않은 일이다.

그렇게 힘들게 마음고생하며 치렀던 2차를 합격했는데

면접에서 떨어지다니.

억울했다.

최종 합격자 발표 날

전화가 와야 하는데 오지 않았다.

이상하다는 생각과

3차 면접장에서 받았던 그 이상한 느낌을 종합해 보면

시험에 안 될 가능성이 있다는

생각이 점점 더 엄습해 오기 시작했다.

오후 일과가 끝날 무렵에도 전화가 오지 않았다.

그래서 시험에 떨어졌다는 생각을 하고

아내에게 전화를 걸었다.

세상에서 가장 슬프고 안타까운 목소리였다.

나를 배려하는 사랑이 묻어 있었다.

"응, 오빠, 나야."

잠시 침묵이 흐른 뒤 그녀는

"세상에 이런 일이 있어? 이름이 없네.

그렇게 힘들게 공부해서 합격했는데."

전화선 건너편에서 가슴으로 소리 없이 아파하며

많이, 많이 울고 있었다.

"오빠, 괜찮아, 내가 있잖아.

힘내고 오늘은 아무것도 생각하지 말고 푹 자.

내일 내가 다시 전화할게."

그 자리에서 참 많이 울었다.

아무 정신이 없었다.

12월 철원의 그 차가운 바람이

나를 무섭게 내리치고 있다는 사실 외에는

아무것도 느낄 수 없었다.

한참을 전화기만 들고 있었다.

그런 나를 위해 그녀는 멀리서 기도하며 함께 울고 있었다.

우리는 한참을 그렇게 말없이 슬퍼하고 아파하며 안타까워했다.

공중전화 부스를 나와 혼자서

하루 일과를 끝내고 삼삼오오 담배를 피우는 무리를 지나

연병장 구석에 쪼그리고 앉았다.

코끝에 내리치는 철원의 칼바람은 어찌 그리 매서운지.

매섭다는 생각 그 느낌뿐이었다.

저녁을 먹었는지

어떻게 밤 9시가 되어 취침에 들어갔는지

정신이 없었다. 멍했다.

매트리스를 깔고

누에가 자신이 만든 실고치 속으로 들어가듯

침낭 속으로 몸을 넣었다.

창밖에 비친 겨울 밤하늘의 별들이 너무 선명하게 내 눈과 마주쳤다.

정신이 번쩍 들었다.

속으로 '난 할 수 있어'만을 수천 번, 수만 번 되뇌었다.

잠이 오지 않았다.

올 리가 없었다.

40분쯤 흘렀나?

"어이, 옷 입고 나와."

수송 담당관이었다.

그는 말없이 나를 차에 태웠다.

철원 밤길을 뚫고 어디론가 데려가고 있었다.

내 무릎에 올려놓은 소주 한 병과

비닐봉지로 싼 오뎅 국물로 보아

나를 위로하기 위한 것이라는 것밖에는

아무것도 알 수 없었다.

그렇게 한참 동안 시골길을 달렸다.

차가 멈췄다.

철원군 공설 운동장이었다.

그는 나를 운동장 가운데로 인도했다.

둘은 운동장 한가운데 소주 한 병과 오뎅 국물을 놓고 앉았다.

"자, 마시소, 세상이 참 힘들제?

난 무식해서 잘 모르는디,

다시 또 하면 되지 않겠소."

구수한 전라도 말투로 못난 나를 위로해 주었다.

입술에 닿는 소주 맛이 참 쓰고 온몸을 떨게 했다.

둘은 아무 말 없이 그렇게 철원의 겨울바람을 온몸으로 맞으며

한참을 있다가 복귀했다.

차에서 나오는 스팀이 무척이나 따스했다.

아마도 그가 해준 위로가 나를 더 따뜻하게 했을지 모르겠다.

세상에서 나를 걱정해 주고 기도해 주는 이가 있다는

위로를 받으며 부대로 돌아와 잠이 들었다.

결국 그날 남은 군복무를 계속할 수 있는 에너지를 얻었다.

내 인생의 맨 밑바닥이었다.

서른한 살.

직장도 없고

결혼도 안 했고

가진 돈도 없고

아직도 1년여 간의 잔여 의무 복무가 남아 있는
참 한심한 상황에다
불합격.

끝이 보이지 않는
인생의 내리막길에서
응원해 주고
염려해 주며
따뜻하게 손잡아 줄 누군가는
삶의 치유자요,
구세주다.

그래서 나는 잘 안다.
아무리 힘든 상황일지라도
믿고 의지할 수 있는 누군가가 있다면
반드시 그 상황을 벗어날 수 있다는 사실을.

그리고 결심했었다.
가장 어려웠던 순간에
위로받고
사랑받으며
재기할 수 있었던 것처럼,
나 역시
삶의 무게에 짓눌려

쓰러져 가고 있을 누군가의 위로자가 되어 줄 것을.
상담이 중요하다.
삶에 지치고 허덕이는 이에게
믿고 의지할 누군가가 되어 주는 것이다.
위로자가 되어 주는 것이다.
상담은
관심이다.
믿음이다.
결국 사랑이다.
인간애이다.
인간에 대한 연민이 없다면
상담은 의미가 없다.
상담 기법은 도구에 불과하다.
정말 훌륭한 상담 도구는
인간을 사랑할 수 있는 마음가짐이다.

나와 너
위로자의 릴레이를 한다면
우리 삶이 한층
더
아름다워지지 않을까.

제 13 장
순희 보거라

순희 보거라

한 중년 여인이 고개를 숙이고 한없이 울고 있다.

"변호사님, 어찌하면 좋을까요?"

"글쎄요."

조용히 옆에서 지켜보고 있던 그녀의 남편이 입을 열었다.

"집사람은 10년 동안 시댁 두 어른의 대소변을 받아냈어요.

그런데 이번엔 장인을 수발해야 할 판입니다."

"참 불쌍한 사람입니다.

아이 둘을 대학 보내고 나니 훌쩍 50이 되었고,

중풍에 걸린 시댁 두 어른을 수발하다 보니 60이 되었고,

이제 좀 삶의 무게를 벗나 싶었더니……."

그랬다.

그녀는 누가 보더라도 효부였다.

현모양처였다.

그녀의 삶이,

그렇게 걸어온 것이 자신의 순수한 의지였는지에 대해서는

자신도 가끔씩 의문을 제기하곤 했다.

그렇게 살아야 한다고 배웠다.

그렇게 알고 있었다.

더욱이 대학교수인 남편의 체면을 위해서는

그렇게 살아야만 했다.

사실은

그녀 자신의 체면을 위해서일지도 모르겠다.

그녀는 시종 아랫입술을 앞니로 지그시 깨물고 있었다.

삶의 무게를 견디기 위한 제스처였다.

한참 만에 그녀가 입을 열었다.

"저희 둘은 어머니를 보내 드리고

슬프고 무거운 마음보다는 굴레를 벗는 마음이었습니다.

자유인이 된 것 같았습니다.

처음으로 남편이 제게 커피 한 잔을 타주었습니다."

"내일 도우미와 함께 어르신 방을 정리하면 어떨까?"

"저는 상관없는데, 당신 서운하지 않겠어요?"

"아니요, 그렇게 합시다."

그는 집으로 들어설 때마다

노인네 방에서 나오는 대소변과 소독 냄새가 신물 났다.

자신의 부모님인데도 그랬다.

하루 종일 함께 있는 사람도 있는데.

그것이 여자와 남자의 차이라고 당연하게 받아들였다.

여자도 냄새를 맡을 줄 알며, 역겨워할 줄 알며,

깡마른 시체 같은 노인의 사타구니를 씻고 소독하는 일이

죽을 만큼 싫은 일이다.

자기만 싫은 일이 결코 아니었다.

참 이기적인 사람이었다.

돌아가시기 며칠 전,

보리 된장국과 고등어구이를 점심으로 참 맛있게 드시고

오후에 갑자기 탈을 일으켜

온통 집안을 똥밭으로 만들어 놓은 날,

그가 할 수 있는 일은 아무것도 없었다,

베란다로 나가 담배를 피우는 일 말고는.

우면산 산자락에 가을이 와 있었다.

단풍이 햇살에 빛나고 있었다.

유리창 너머로

아내는 이리지리 뛰면서 지우고 닦고 씻고 입히는 일을

말없이 해내고 있었다.

일요일이라 도우미 아줌마도 없었다.

모든 것이 아내의 몫이었다.

한참이 지나 그는 베란다 문을 열고 거실로 들어섰다.

대변 냄새가 아직도 거실에서 진동했다.

'언제쯤 이 냄새에서 해방될까?'

어머니이지만 해방의 날을 그는 은근히 고대하고 있었다.

태어남도 그렇듯 죽음도 결코 인간의 의지대로 할 수 없다는 사실을

그는 잘 알고 있었다.

나름 지성인이고 신앙인인 그가

'아버지 하느님, 이제 그만 거두어 주십시오.'

라고 모친의 죽음을 기원할 순 없는 일이었다.

아내의 모습이 보이지 않았다.

안방에서는 노인네가 천장만 멀뚱멀뚱 쳐다보고 있었다.

참 곱고 깔끔하신 분이었다.

아들의 서재는 늘 먼지 하나 없이 반짝반짝했었다.

그런데 세월이 그녀를 그토록 무력하게 만들어 놓았다.

누구도 피해 갈 수 없는 우리 인간의 참모습이었다.

아내가 화장실에서 혼자 말없이 어깨를 들썩이며 우는 뒷모습을 보았다.

머리가 팅 했다.

무엇으로 뒤통수를 얻어맞은 것 같았다.

아내가 힘들어하는 모습을 처음 보았다.

'왜 내가 당연하게 생각했을까?'

여자이기 때문에……

결코 그렇지 않았다.

상담을 하는 동안 그녀는 고개를 숙이고 있었다, 죄인처럼.

"변호사님! 이것을 좀 보십시오."

그녀의 남편이 편지 한 장을 꺼내 내게 주었다.

순희 보거라.

나 일찍이 너희 어멈을 몹쓸 놈의 병으로 하늘로 보내고

한적한 시골에서 참 재미나게 살았다.

그런데 요즘

내 몸이 자꾸 이상해진다.

어제 아침에는 세상이 빙빙 도는 느낌이 들더니

오늘 아침에는 자리에 덥석 주저앉아 한동안 일어나질 못했구나.

자꾸 이상한 생각이 든다.

생각해 보니 이상할 것도 없다.

내 나이 벌써 일흔다섯이 아니더냐?

그 옛날 같았으면 이미 저승 산천을 헤맸을 나이인데.

나는 네 어멈 병수발을 5년 동안 했었다.

그것이 가진 것 없이 깡촌에 이 한 몸 믿고 따라와

한평생 고생만 하다가 간

네 엄마한테 내가 할 수 있는 전부였다.

네 엄마

참 운도 복도 지지리도 없는 사람이었다.

도박에 술에 계집질에 못된 짓만 하고 다녔다.

왜 그렇게 살았나 후회가 된다.

네 어미 속을 많이도 썩이면서 살았다.

지금 생각해 보면 단 한 순간도 네 엄마를 행복하게 해준 적이 없더구나.

이것이 내가 네 엄마를 보내고 난 뒤 18년 만에 얻은 답이구나.

그때 네 엄마는 나한테

자꾸 호스 좀 떼어 달라고 했다.

손짓으로, 온몸으로.

"이 사람아, 그럼 안 돼."

'답답해.'

"그래도 참아야지."

'답답해.'

"이겨 내서 훌훌 털고 일어나 집으로 가야지."

'싫어, 너무 아프고 답답해.'

"이거 제거하면 임잔 죽어."

'할 수 없어, 그래도 좋아. 제발 떼어 줘.'

"왜 그리 못났어? 좀 참아 봐."

'……'

애원하는 눈빛은

점점 분노와 증오의 눈빛으로 변해 갔다.

그러더니 전혀 다른 사람의 눈빛이 되었다.

숨을 거두기 직전

눈물을 보인 순간에야

네 엄마의 따뜻한 평소의 눈빛이 돌아오더구나.

순희야,

머지않아 스스로 내 한 몸 간수가 안 되어서

병원이나 요양원 신세를 져야 할 것 같다.

아비로서 너와 장 서방에게 부탁할 것은

절대 나에게는 인공호흡기를 대지 말라는 것이다.

인간이 해서는 안 되는 짓이 몇 가지 있더구나.

살 만큼 살아 보니

그 중에 한 가지가 죽을 때를 놓치는 것이다.

꼭 부탁한다.

2010년 12월 12일

긴긴 겨울밤에 못난 아비가

편지를 내려놓으며 나는 설명을 시작했다.
"이것은 사전 유언장입니다."
"그럼 유지를 받들어야 하나요?"
"네, 그런데 일반 유언과는 좀 다릅니다."
"무슨 의미이지요?"
"일반 유언은 유언자가 사망했을 때 법적 효과가 발생하지만,
사전 유언은 사망하지 않이도
법적 효력을 발생하여
의식이 회생 불가능한 상태에서도
그의 의사에 따라 집행할 수 있는 것이지요."
설명을 계속했다.
"다만 아직 사전유언 제도는 유언 제도로 도입되지 않은 상태입니다.
그래서 존엄사를 인정하기 위해서
많은 엄격한 요건을 구비해야 됩니다."
"그렇군요."
"인간의 생명권은 존엄성에 부합되는 방식으로 보호되어야 하지요.
인격체로서 활동이 기대되지 않는
사경을 헤매는 노인에게 연명 치료를 강행한다는 것은
자식으로서 참 도리일까요?
그냥 우리들의 욕심이고 이기심 아닐까요?"
아무 말이 없었다.
"우리 대법원은 자연스런 죽음을 맞이하겠다는

환자의 의사를 존중하는 것은

사회 상규에 부합하고 헌법 정신에 위배되지 않는다고 보고 있어요.”

“네.”

“그러나 일정한 요건이 있습니다.”

“그것이 뭔데요?”

나는 차분히 설명을 해주었다.

“먼저 객관적 요건으로,

환자의 상태가 회복 불가능한 사망의 단계에 있어야 합니다.

이 단계에 진입한 것인지의 여부는

세 가지 요소로 판단됩니다.

첫째, 의식 회복의 불가능

둘째, 생명 관련 생체기능 회복의 불가능

셋째, 사망에 임박해야 합니다.

그리고 주관적 요건으로,

'환자의 의사'가 연명 치료를 중단하는 것이어야 하고요.

다만

이것은 환자의 사전 의료지시 또는 추정 의사로도 충족됩니다.

이를 위해

의사결정 능력, 의사의 설명, 결정의 진지성, 중단 시점 상 증명 가능성을

증명할 자료가 구비되어야 하지요.”

“구비 자료가 필요하다는 말씀인가요?”

“네, 증명 수단으로 환자가 의료인을 상대로 직접 작성한 서면,

혹은 진료 과정에서

의료인이 환자의 의사결정을 담은 진료기록 등이 필요합니다.”

"사전 유언은 건강한 사람이

미래에 스스로 판단을 내릴 수 없을 정도로 심각한 질병 상태에 있을 때

어떻게 치료 받기 원하는지를 미리 기록해 놓도록 하여,

그러한 상태가 되었을 때

그에 따라 조치를 함으로써

환자 자신의 의사 결정권을 존중하도록 하는 제도이지요."

"또한 사전유언 제도는 임종 후에 효력을 발생하는 유언과 달리

생전에 법적 효력을 발생합니다."

그들은 연신 고개만 끄덕이고 있었다.

"그 내용으로

심폐 소생술 금지(Do not resuscitate, DNR) 동의서

의사표시를 할 수 없을 때 대신 결정해 줄 대리인 지정서

장기 기증 서약서가 있지요."

그녀의 남편이 말했다.

"그럼 이 편지가 사전 유언으로 볼 수 있나요.?"

"일면 그렇게 파악됩니다."

"무슨 말씀이지요?"

"네, 초두에도 말씀드렸듯이

아직까지 사전유언 제도를 도입하지 않은 상태입니다.

그래서 이 편지만으로는

심폐 소생술 시술 동의를 거부하기가 어려울 겁니다."

"그럼 어르신의 뜻을 어떻게 해야 받들 수 있나요?"

"저희 사무실에서 도울 수 있을 겁니다.

미리 제가 만나 얘기를 나눈 뒤 그 뜻을 명확히 정리하고

심폐 소생술 금지 동의서를 작성하든지

별도의 서면을 작성해서

이를 공증 받도록 하지요.

그리고 실제 상황이 발생했을 때 제가 대리인이 되겠습니다.

다만, 이것도 법률 서비스에 해당하기 때문에 수임 계약서가 작성되고

수임료를 지불해야 합니다."

부부는 설명을 듣고 수임 계약서에 서명했다.

"어르신의 뜻에 따라 편히 가실 수 있도록 최선을 다하겠습니다.

내일 오전에 제가 직원과 함께 어르신을 만나 서면을 작성하도록 하지요."

이것은 최근에 시도하고 있는

웰다잉(well-dying) 사업의 일환이기도 했다.

2002년 65세 이상 노인이 전체 인구의 7.2%를 차지하는

고령화 사회로 진입했다.

2018년에는 14.3%의 고령사회로,

2026년에는 20.8%의 초 고령사회로 진입한다.

15년 뒤엔 길거리에서 만나는

다섯 명 중 한 명이 65세 이상의 노인이다.

노인,

노인에 대해서 새로운 사회적 담론이 필요할 때다.

죽음에 직면한

힘없고

온 정신이 아닌

추한

누군가의 도움이 필요한,

이것이 노인에 대한 솔직한 이미지요,

우리의 담론이었다.

이러한 사회 현상을 받아들일 수 없었다.

노인,

그 어떤 단계의 인간보다도

성숙한 개체로서 존중되고 보호되어야 하는 것 아닌가?

그런데, 언제부터인지 우리는

노인의 지혜와 그 소유의 재화를 평가 절하하고

이를 통해 차세대의 노인 재화 강탈을 묵인하고 있었다.

비록 그 수단이 범죄이든 합법적이든 간에 상관없이.

우리가 무슨 권리로

그들의 의사와 관계없이

한평생 일궈 놓은 재화를 함부로 손댈 수 있는가?

우리가 무슨 권한으로

그들의 의지와 관계없이

그 생의 마지막 시점을 결정할 수 있다는 것인가?

아무런 거리낌 없이

단지 자식이라는 미명하에

정신적·신체적으로 쇠퇴했다는 이유만으로

그의 의사와 무관하게

임의적으로 재산을 처분하는 사회 현상에 제동을 걸 필요가 있었다.

최근에 기존의 의사 무능력 제도 및 행위 무능력 제도를 보완하기 위해

성년 후견인 제도가 도입되었다.

그나마 위안이 된다.

평생 자식을 위해 살아온 그에게

깡마른 어미의 젖을 뜯는 토실토실 살찐 툇마루 복실 강아지처럼

자식은 계속해서 끝없이 젖을 뜯어 제 배를 채운다.

그 젖이 터지고 피가 나고 있음에도 불구하고

아무도 터지고 피나는 이 상처를 만져 주지 않았다.

모두가 그래야 되는 줄 알았다.

당연히 자식은 그래도 되는 줄 알았다.

아니다.

결코 아니다.

절대로 그래서는 안 된다.

법·제도 역시 속수무책이었다.

평생 노동의 대가로 일구어 낸 자신의 재화에 대하여

늙어 힘없고 정신이 희미하다는 이유로

아무런 소유권을 행사하지 못하게 막아 버렸다.

자신의 재산을 노후 대책으로 이용할 수 없었다.

불공평했다.

잘못되었다.

부모를 죽이고 재산을 약탈하는 것은 강도 살해의 중범죄이다.

부모의 재산을 약탈하는 것은 강도죄이며 절도죄이다.

모두 중대한 범죄로서 처벌되고 사회로부터 비난을 받는다.

그러나

홀로 사는 부모를 요양원에 가두고

그의 의사에 상관없이 재산을 처분하는 것은 방관했다.

아무도 문제를 제기하지 않았다.

못 본 체했다.

가족의 문제이기에,

집안의 문제이기에.

그러나 분명 사회적 문제였다.

부모와 자식 간의 문제이기에

사회와 국가가 더 개입해야 하지 않을까.

합리적 이성이 작용하기 어려운 영역이기 때문이다.

이런 문제점을 인식하고 나는

법률 서비스를 통해 문제를 해결하려고 했다.

회원제를 통하여

재산 처분 및 유언장 작성과 그 집행, 그리고 존엄사 집행을 대행했다.

처음에는 동료들이 반신반의했다.

"자네 이러다가 문 닫는 것 아닌가?"

하고 비아냥거리기도 했다.

처음에는 오기가 발동했다.

그런데 일을 하면 할수록

해야 한다는 사명감이 생겼다.

경제적 활동을 하고 있는 이들은

매월 50,000원의 회비를 납부하고

자신의 노후 법률 서비스를 보장받을 수 있다.

노인들도 일정한 금액을 납부하면

언제 닥칠지 모르는 치매 또는 의식불명 상태에서

자신의 재산 및 생명연장 여부를

자신의 생전 의지에 따라 결정될 수 있도록

이를 대신해서 집행해 주었다.

이미 회원이 100명을 넘었다.

노인 부양의 문제는

부모 자식의 문제로 국한되어서는 안 된다.

이미 사회적 이슈로 꿈틀거리고 있다.

부모와 자식 모두가 그 정리를 깨뜨리지 않고

따뜻한 인간관계를 유지할 수 있는 방향으로 변화되어야 한다.

이는 가족의 문제를 적절히 사회화함으로써 해결될 것이다.

결국 사회제도와 사회적 지원이 뒷받침되어야 함을 의미한다.

이에 대한 공적 관심이 증가되고

적절한 제도를 통하여 점점 사회화되어야 할 것이다.

노부모를 돌보는 일을

사랑과 의무의 자연스러운 표현으로만 보기보다는

실질적인 사회관계에서 사회적 책임으로 보완되어야 하고

이를 위한 새로운 담론 구성이 필요하다.

이것이 우리에게 필요한 새로운 가족 이데올로기 중

효 규범에 대한 전략이다.

이 사업은
노인의 웰빙을 위한 개인적 책임과
사회적 지원과 제도적 뒷받침이라는 사회적 책임을
보충할 것이라고 믿고 있다.

제 14 장
'다름'에 대한 존중과 긍정

'다름'에 대한 존중과 긍정

"이제 돌려 보내드려야 할 시간이 된 것 같군요."
모두가 말이 없었다.
한국에 온 지 8년 만에
한 줌의 흙이 되어
중국 동북지역 길림성 연길시 하남가 88-11
그녀의 고향으로 돌아갔다.

그녀의 조부는 술을 한 잔 걸치시면 늘
나의 살~던 고향은 꽃피는 산골~ ~
복숭아꽃 살구꽃 아기 진달래~ ~
'고향의 봄' 노래를 흥얼거렸다.
강원도 횡성
그곳이 조부의 어린 시절 추억이 담긴
진달래꽃 가득한 고향이었다.

먹고 살기 위해
흘러 들어간 길림성 촌락이
이제는 그녀의 고향이 되었다.

그녀가 어릴 적

조부께서 부르시며

그리던

고국 땅 고향이

그녀의 고국이 될 수는 없었던 것인가?

고국은 고국, 조국은 조국

한국은 조부의 고국

고향일 뿐

너의 고향은 길림성

분명한 답이 나와 있고

이견을 붙이고 싶지 않은 게다.

조부는 1920년 일제 압제를 피해

먹고 살기 위해 그곳으로 흘러들어갔고

그녀는 2008년 먹고 살기 위해

조부의 고국 땅

이곳으로 다시 흘러들어왔다.

88올림픽이 개최되던 해

이장 댁 안방 텔레비전에서 흘러나오던

애국가를

가요마냥 따라 불렀다.

대한민국,

위대했고
선망의 대상이었다.
그곳은
내 할아버지의 고국이었고
고향이었다.

그해 겨울
조부는 그토록 그리던 고국 땅을 밟아 보지 못하고
머나먼 이국땅에서 거친 숨을 거두었다.

내가 그녀를 처음 만난 곳은
불법체류 근로자 강제 송환을 위한 임시 보호소였다.
외국인 근로자 인권 단체인
'함께하는 세상'의 법률 자문을 담당하는
이 변호사가 며칠 전
꼭 좀 만나 봐 달라는 부탁이 있었다.

"안녕하세요?"
"네, 안녕하십니까?"
나보다 두 살 더 많았다.
"하실 말씀이 있다고 하던데요?"
"어떻게 설명을 드려야 할지 모르겠습니다.
너무 답답해서 상담을 요청했습니다."
"차분하게 말씀해 보세요.

저희가 도울 수 있는 부분이 있을 수 있으니까요."

그녀는 임신 중이었다.
도저히 돌아갈 수 없었다.
남편의 얼굴을 볼 자신이 없었다.
체류 기간이 다 되어 갈 무렵
하루에도 서너 번씩
산부인과 앞을 서성였다.
결국 체류 기간을 도과해 숨을 수밖에 없었다.

1998년 추수를 마치고
한국에 들어왔다.
남편은 공사 현장에서 미장일을 했다.
발을 헛디뎌
그만 3층 건물에서 떨어져 다리 하나를 잃었다.
두 살배기 핏덩이와
남편을
시댁에 맡기고
살기 위해 서른 살 새색시가
이국 땅
아니
고국 땅을 밟았다.

일 년 전 돈을 벌기 위해

먼저 들어온 친구를 찾았다.

경기도 이천 중국집에서 주방 일을 하고 있었다.

그녀의 도움으로

인근의 고기 뷔페식당 주방 일을 하게 되었다.

월요일에 쉬는 것을 조건으로

65만 원을 받았다.

먹고 자는 것은 거기서 해결하기로 했다.

한 달에 60만 원씩을 송금했다.

그 대가로

보고 싶다.

사랑한다.

아프지 말고 건강 조심하라는,

남편이 몇 자 적은 편지에

하루가 다르게 커가는 아들의 사진이

몇 장 끼워져 왔다.

아들 뒤에서 남편이 목발을 짚고 웃고 있다.

'면도 좀 하고 그러지.'

행복했다,

자신이 번 돈으로 아기가 커가고

남편을 수발할 수 있다는 사실만으로도.

보지 않아도

함께 있지 않아도

배가 불렀다,

지독한 외로움만 빼고는.

"연화야, 이번 주 쉬는 월요일에 뭐해?

우리 찜질방에 가서 놀 건데 따라올래?"

쉬는 날이라지만

밀린 빨래와

부족한 잠을 자는 것

빼고는 딱히 할 일이 없었다.

한국에 들어온 지 3개월쯤 되어 일도 생활도 적응이 되던 터였다.

"좋지 뭐."

그랬다.

그들의 유일한 낙은

쉬는 날이면

하루 종일 찜질방에 가서

고향 사람들을 만나

탕수육에

소주를 기울이면서

외로움을 달래는 것이었다.

거기서

동갑내기 수길 씨를 만났다.

그는

이천의 가구 공장에서 일하고 있었다.

"야, 수길 씨는 오늘부터 연화 애인이니까 건들지들 마라."

넉살 좋은 친구가 다짐을 시켰다.

그게 무슨 의미인지 몰랐다.

이국 땅 외로운 이들의
생존 법칙이 있었다.
절대 남의 애인은 건드리지 않는 것.
이 규칙을 어기는 경우 그들의 세계에서 왕따를 당했다.

"한 대 태울란가?"
창문을 살짝 열고 담배를 피우려다
잠에서 깬 연화를 보고
수길은 담배 한 대를 권했다.

중학교 시절 호기심에 피워 본 것 말고는
담배를 입에 댄 적이 없었다.
피워야 했다.
모텔 방 퀴퀴한 내음
외간 남자
침
정액.
담배라도 피워야 숨을 쉴 것 같았다.

'내가 왜 여기에 있지?'
'도대체 내가 무슨 짓을 한 거야?'
'이래도 되는 거야?'

수많은 생각이 오고 갔다.

그랬다.

그들은 그렇게 외로움을 달래고 있었다.

한국 생활에 점점 적응되고 있었다.

연애를 하기 위해 돈도 필요했다.

고향으로 보내는 돈을 줄일 수는 없었다.

노래방 도우미 아르바이트를 나갔다.

친구와 함께 말이다.

변해 가고 있었다.

미쳐 가고 있었다.

친구와 싸웠다,

언니처럼 동생처럼 서로 의지가 되었던

그 친구와.

복숭아 축제가 한창이던 9월

한 해 땀 흘린 대가로

뭉칫돈을 들고

아저씨들이 노래방을 찾았다.

둘은 흥을 돋우며 블루스를 추고

캔 맥주를 마셔 댔다.

"야, 너 이리 와봐, 뽀뽀해 주면 내가 이만 원 줄게."

"왜 이래 아저씨, 자 됐어?"

"그래, 그래. 하하하."

"아저씨, 나도."

친구의 짝을 건드린 것이 화근이었다.

그들만의 금기를 깬 것이다.

그놈의 이만 원이 뭐기에.

"쌍년아,

한국에 와서 누구 때문에 살고 있는데 나를 등쳐?"

"야, 너 말 그 따위로 할래?

네가 뭔데 니를 먹이고 살려, 이 잡년아."

서로 머리채를 잡고

이천의 밤거리에서

먼 이국의 밤거리에서

밀고 당겼다.

경찰이 와서야

싸움이 멈추었다.

그 후로 그녀는 이천을 떠나

서울로 들어왔다.

신림동 산자락의 모조가방 만드는 지하 공장이었다.

거기서

지연 언니를 만났다.

언니는 한국 사람과 결혼을 했다.

그녀 역시

흑룡강성 삼지시 야부리진에서 거주하던 조선족이다.

언니는 충북 음성에 있는 농촌마을에
시집을 왔다.

교통사고로 부모님을 잃고
할아버지 할머니 밑에서
자란 언니는
한국은 희망이었고
환상의 세계였다.
돈이 필요했다.
한국 남자와 결혼한다는 것은
행운의 열쇠를 얻는 것이었다.
한국에 가면 전원생활을 한다고 했다.
예전과 달리
모든 것을 기계로 하기 때문에
농사일은 걱정하지 말라고 했다.
무엇보다도 매월 30만 원씩
그녀의 조부께 송금해 주기로 했다.

남편은 술을 마시면 폭력을 행사했다.
"오라질 년, 도대체 할 줄 아는 게 뭐야?"
"너 돈 때문에 결혼했냐? 이 갈보년아."
입에 담지 못할 욕지거리를 해대고
반찬 타령을 했다.
짜다느니

너무 기름지다느니
말을 잘못 알아듣는다느니.

"썩을년이 시어미 말을 개 콧구멍으로 알아.
한번 말을 하면 알아 처먹어야지."
시어머니는 한 수 더 떴다.
며느리를 삼은 것인지
종년을 삼은 것인지
알 수가 없었다.

사실 종년이 맞았다.
낮에는 일하고
밤에는 성 노리개가 되었다.

이웃마을
중국에서 시집 온 며느리가
결혼 5년 만에
아이 둘과
집안을 내팽개치고
사천만 원을 들고
도망가 버린 사건이 있은 뒤부터

남편의 주사는 더 심해졌다.
"야, 이 도적년아,

넌 언제 도망갈래?

저년도 똑같아.

어딘가에 서방놈 숨겨 놓고

내 재산을 넘보고 있겠지?

어림도 없어.

도망만 가봐,

이 잡년아,

다리몽둥이를 분질러 놓을 테니까.

에이, 씹헐······."

폭력을 휘둘렀다.

어떻게 해야 할지 몰랐다.

결국 그녀도 서울행 버스를 무작정 탔다.

노래방에서 만난 인연으로 둘은 신림동에서 다시 만났다.

모조가방

벨트

남성 지갑 등을 만드는 곳이었다.

어떤 상표를 붙이느냐에 따라

가격차가 났다.

똑같은 가짜여도

상표에 따라 가격 차이가 났다.

그녀와 언니처럼.

둘 다 조선족이다.

언니는 한국 남자와 결혼을 했다.
국민 배우자 F2 비자를 발급받았다.
귀화 필기시험에 합격하지 못해 결혼 이민자이다.
한국에서 경제 활동을 할 수 있는 영주권이 있다.

상표가 달랐다.
그녀는 재한 외국인으로서
한국에서의 체류 기간이 지나 불법 체류자이다.

그래서 받는 월급도 다르다.
똑같은 시간에 똑같은 장소에서 똑같은 일을 하지만
그녀가 받는 월급은
배 차이가 났다.
불법 체류자라는 사실만으로.

억울했다.

그토록 목이 터져라 불렀던
고향의 봄
아리랑
애국가

할아버지의 조국은
다를 줄 알았다.

희망
자유
평등
평화.

살맛나는 세상.

그러나
불법 체류자인 그녀에게도
결혼 이민자인 언니에게도
백 년 전
조부가 겪었던
불모지
만주벌판
살을 에는 거센 바람과
잔인하고 혹독한 텃세가

21세기
이 땅에서
그대로
어쩌면 더 지독하게
존재하고 있었다.

1931년 1월 중화 노동병 소비에트 제1차 대회

'중국 소비에트 공화국 헌법대강'
'중국 내 소수민족에 대한 결의안'
이 결의안은 조선족을 포함한 중국 각 민족이
법률 앞에서 일률적으로 평등함을 선포했다.

1945년 이후 중국의 토지개혁 정책에 따라
조선족 농민들은 논밭을 분배받았다.
중국 공민의 지위를 가졌다.

그녀는 한국 땅에서
또 얼마나 긴 세월을 기다려야 할까.
조선족 마을에 함께 모여 살면서
민족학교에서 한국말과 한글을 배우고
전통적 삶을 지키며 민족 정체성을 가진
그녀를 우리는 어떻게 바라보아야 할까.

중국 공민
조선족이라는
이중적 정체성.
'바람이 불어왔던 곳과 바람이 자는 그곳,
어느 한 곳에 머무르지 못하고
우왕좌왕한 바람꽃.'
그렇게 보면 되는가?

그냥 나와는 아무 관계없는 먼 나라 사람들의
정체성에 대한 질문으로만 보면 되는가?
'한민족 공동체'
…….

중국은 조국
한국은 고국
조선족
한민족 핏줄을 가진 중국의 국민.

"젠장,
한국말을 하고
한글과
한민족 전통을 알고
고국에 와서 살겠다는데
시험은 무슨 시험.

좀 더디면 어때?
꼭 같아야만 해?
저는 저,
나는 나.

어우렁더우렁
살면 그만이지."

"결혼 이주여성을
아내
어머니
며느리로서가 아니라,
자율적 인격체로서
그리고 한 여성으로서
바라볼 수는 없는가?"

할 말이 없다.
동화주의,
자문화 중심주의에서
서로 다른 문화적 배경을 이해하고
'다름'에 대한 존중과 긍정이 존재하는
그녀가 희망한 나라.
대한민국의 모습일 게다.

베트남 출신 열아홉 살 후안마이는
2006년 6월 26일
시집온 지 두 달 만에
마흔여섯 살 남편에게 폭행당해 사망했다.
물리적 폭력으로 맞아 죽었다.

누구는 동화주의 압력에 못 이겨
자살을 택했다.

또는 씨받이 임무를 마친 뒤 쫓겨났다.

봉건시대의 이야기가 아니라
이 시대 한국 남편과 결혼한 외국 여성들의 현재 이야기이다.

너와 나
우리의 야만성이
이국 만 리
희망을 찾아 나선
100여 년 전의 이 땅의 아버지 어머니와 다름없는
그녀에게
지연 씨에게
후안마이에게
너무 혹독하게 발톱을 세우고 있었다.
낮에는 모조가방 공장에서
밤에는 미니버스를 대절해
용인
수원
인천
이천
여주
등으로 노래방 도우미 일을 했다.

그러다가
그만 임신을 하게 된 것이다.
아비가 누구인지도 모른다.

"선생님, 저는 도저히 이런 상태로는 고향에 돌아갈 수 없습니다."
방법은 두 가지가 있었다.
임신중절 수술
아니면 출산 후 입양.
후자의 경우에는 출입국 당국의 유예 조치가 있어야 가능했다.

"고민해 보시고 연락을 주세요."

그렇게 헤어진 지 이틀 만에 연락이 왔다.
슬픈 소식이었다.
그녀는 이 땅의 씨와 함께
조부의 고국에서
싸늘한 주검으로 아침을 맞았다.

제 15 장
변호사 그리고 상담자

변호사 그리고 상담자

"어디로 가면 된가?"

제주도 아제의 목소리가 전화기 건너편에서 쩌렁쩌렁 울렸다.

"택시 기사 분한테 서초동 법조 타운에 가자고 하면 됩니다."

아제는 제주도에 산다.

그는 모친과 소꿉놀이 친구였다.

동네 사람을 데리고 왔다.

여든하나의 할머니였다.

일전에 통화를 했던 그분이었다.

서류만 보내 주면 검토를 해보겠다고 했으나

서울에 사는 딸내미 집도 가볼 겸

겸사겸사 왔다고 했다.

할머니는 귤 한 상자와 자리 돔 몇 마리를 가져왔다.

여든하나의 노구였다.

여직원이 자리 돔 비린내에 얼굴을 찌푸리며 커피를 내민다.

커피를 벌컥벌컥 들이키더니

이내 하소연을 풀어 놨다.

제주도 토박이 할망의 말이었지만 대충은 알아들을 수 있었다.

그러나 너무 빨랐다.

"좀 천천히 말씀하시죠."

이내 할머니의 말은 또 빨라진다.

대화가 끝나도록 같은 일이 반복되었다.

남편은 6.25 전쟁에 참전 중

군용 차량에서 떨어져 뇌와 척추를 다쳤다.

사고로 인하여 정신이상과 신체활동의 장애가 생겼다.

의병 전역한 남편은 집구석에만 있었다.

지금도 그 상태 그대로이다.

여름에도 두꺼운 겨울옷을 입고 있다.

그녀는 해녀로 물질을 해서 집안 살림을 도맡았다.

악착같이 일했다.

미친 듯이 일했다.

그것을 자신의 운명으로 믿었다.

그렇게 병신이 된 남편과 아들 둘을 뒷바라지했다.

그러나 그런 그녀에게 돌아온 것은

공무원으로 근무하던 착하디착한

첫째를 퇴근길 교통사고로 잃은 일과

방위병으로 근무하던 둘째가

고참들의 폭행으로 즉사한 일이라고 했다.

그런 그녀에게 국가는 아무것도 해준 것이 없었다.

어떻게 요구해야 하는지 관심도 없었다.

그런 사실을 밖으로 끄집어내는 것 자체가

아들들을 두 번 죽이는 일이라고 여겼다.

하늘과 땅

천지신명에게 지은 죄의 대가로 여겼다.

당연히 그래야 되는 줄 알았고

병신이라도 남편이 살아 있다는 사실에 감사했다.
참 기구한 삶이었다.
작은 체구에 어떻게 그 기구한 삶을 버텨 왔는지.
연민의 눈으로 그녀의 눈을 마주쳤다.
흘릴 눈물도 말랐나 보다.
눈가에 촉촉함뿐이었다.
가슴이 답답했다.
마음이 아팠다.

몇 해 전
나이가 들어
더 이상 물질을 할 수 없어진 그녀는
살기 위해 민박을 쳤다.
여름이면 다녀가던 서울 사는 여자가
국가 유공자 신청을 하면 나라로부터 혜택을 받는다고
일러 주었다.
무엇이든지 퍼주기 좋아하던 정 많은 그녀를
엄마같이 따르던
서울 손님이었다.

국가 유공자라는 말에, 유공자라는 말에
그녀는 정신이 번쩍 들었다.
그랬다.
남편은 집안에서, 마을에서 아무 쓸모없는 미친 사람이 아니라

전쟁 중에 싸우다 다친

국가 유공자,

국가 유공자였다.

명예를 찾아 주어야 한다는 생각뿐이었다.

연금이라는 돈 문제가 아니었다.

풍족한 해산물과

평생 머리 끝까지 차오르는 숨을 참아 가며 물질한 대가로

여생을 그럭저럭 살 수 있었다.

그러나 이제

남편을 위해 할 수 있는

마지막 의미 있는 일을 해주고 싶었다.

6.25 전쟁에 참전했고

비록 병신이 되어 돌아왔지만,

살아서 온 것만으로도 천지신명의 보살핌이라고 여겼던

그녀에게 해야 할 일이 생긴 것이다.

그때부터 국가를 상대로 그녀는 악바리가 돼 있었다.

병무청을 상대로

염도욱에서 강도욱이라는

본래 남편의 이름을 찾아 주는 데 5년의 세월이 걸렸다.

서울을 수십 번 다녀갔다.

수소문 끝에

당시 병신이 된 남편을 데리고 왔던

사람을 찾았다.

대전에 살고 있었다.

염도욱이 아니라 강도욱이 맞고

6.25 전쟁에 함께 참전했다는 확인서를 써주었다.

그것이 전우에게 해준 마지막 선물이었다.

그는 폐암으로 세상을 떠났다.

보훈청을 상대로

국가 유공자 등록 신청을 했다.

참전 사실과 부상으로 입원한 사실이 기록된 거주표,

군병원장이 작성한 제대 증명서,

지방 병무청장이 작성한 의병전역 병적 증명서,

치매, 정신분열병, 망상성 장애로 전수발이 필요한 상태로 혼자서는

경제적 활동을 포함한 일상생활이 불가능하다는 의사의 진단서,

그리고 머리와 척추를 다쳐 제대한 상태에서

일상적 생활을 할 수 없었고,

그때부터 지금까지 정신이상을 보이고 있다는

마을 주민들의 확인서를 제출했다.

그러나 보훈청에서는

거주표상 참전 사실과 사상으로 입원한 기록 및

의병 제대한 사실은 확인되나,

전투 또는 군복무 중 머리와 척추에 상이를 입었음을 확인할

자료가 없으므로 전공상 요건이

충분되지 않는다는 몇 자를 보내왔다.

전투수행 중 전황이 불리하여 철수 명령에 따라

전 대원이 군용차를 타고 산비탈로 이동하는 중

갑자기 차 뒷문이 열리는 바람에 군용차에서 떨어져

머리와 척추를 다쳐 인사불성이 되어

군병원을 전전하며 치료를 받았으나,

현재까지 정신 질환과 척추 질환으로

전수발이 필요한 사람을

기록이 없다는 이유로

입증이 되지 않았다며

국가 유공자 비 해당 결정을 했다.

이해할 수 없단다.

무지렁이이지만 받아들일 수 없다고 했다.

어떻게 나라에서 하는 일이

그럴 수 있느냐고 몇 번이고 되물었다.

다람쥐 쳇바퀴 돌듯

공무원이 하는 짓이란

다 똑같다고 했다.

골치 아픈 일로 여겨 빨리 떨어 버리려 했을 것이라고 했다.

제출한 서류를 읽어 보기나 했는지 모르겠다고 했다.

탄원서를 제출했다.

일주일이나 걸려

지난 세월의 아픈 상처를 끄집어내는 작업이었다.

몇 번이고 고쳐 썼다.

글자 하나하나에 눈물과 한이 담겨 있었다.

제목이라도 읽었나 싶다.

눈빛에 증오가 가득했다.
남편을 병신 만들고
자식을 앗아간 국가에 대해
그녀는 속수무책이었다.

"국가 유공자 문제에 대해 다시 한 번 검토를 해보겠습니다."
"변호사 선생 고맙소.
이렇게 얘기만 해도
가슴이 뻥 뚫립니더.
부탁드리오.
국가 유공자가 될 수 있도록
남편의 명예를 찾아 줍소."

옆에서 커피를 마시던
제주도 아제는 내 눈을 마주치며
무언의 말을 전했다.
'도와 줍소. 불쌍하지 않소.'

아제를 공항까지 바래다주었다.
그렇게 하고 싶었다.
그 작은 체구로 한평생 남편의 병수발과 자식 둘의 뒷바라지를 하다가
그 과정에서 자식 둘을 먼저 보내고
가슴에 그들을 묻고서도
쓰러지지 않고 버티고 있었다.
한평생을 뒷바라지해 온 그녀에게

그렇게라도 하고 싶었다.

아니, 인간적인 도리이지 싶었다.

"변호사 선생님, 저희는 택시를 타면 됩니다."

"아닙니다, 제 마음이 불편해서요."

팔순의 그녀는 내 손을 꼭 잡았다.

무슨 의미인지 잘 안다.

남편의 명예를 찾아 달라는 뜻이요,

믿겠다는 의미요,

그리고 고맙다는 의미일 게다.

책임진다.

책임질 수 있다.

공무원이 제일 꺼려하는 말 중의 하나이다.

내가 왜?

물이 흐르듯

상식이 통하면,

어떤 처분을 하든

국민은 이해한다.

그리고 잊어버린다.

그러나 상식이 통하지 않으면,

그것은 누군가에게 원한이 되고

누군가에게 화살이 된다.

참전 중에 다쳤다.

의병전역을 했다.

그때부터 현재까지 수발이 필요했다.

마을 주민들 모두가 그것을 목격해 왔다.

병상 기록이 없다고?
기록을 보존할 책임은 누구에게 있는가?
복무 중 상이를 인정한다고?
그럼 뭐가 문제지?

전투수행 또는 군복무 중 상해로 인하여
정신질환이 발생한 것이라는
인과관계 입증이 부족하다?
멀쩡한 남편이
머리 수술을 받고
병신이 되어 집에 돌아온 날
마을 주민 모두가 마음 아파했었단다.
그때부터 아낙이 물길질을 하며
살림을 하며
병수발을 해왔다.
아쉽다.
안타깝다.
답답하다.

나는 변호사이다.
아니, 나는 상담자요.
치료자이다.
그렇기에 숙명처럼 늘 아픈 사연들을 만날 것이다.
오늘도 또 하나

가슴 아픈 사연을 만났다.
짧은 만남이었지만 팔순의 제주도 할망이
가슴에 맺혔던 설움과 분노를
한순간이라도 잊을 수 있었다면
그것 또한 나의 보람 아닌가.
그래서 상담을 할 것이다.
마음의 상처가 치유된다면
소송의 결과는 그리 중요치 않다.
나는 그것을 확신한다.

에필로그

에필로그

1. 나는 누구였던가?

차향 가득한 산골에서 태어나 시와 수필을 좋아했던 문학소년 이었다. 냇물에 비치는 석양과 황금 들녘에 취해 보았고 어미소를 따라가는 송아지를 노래해 보기도 했다. 그렇게 소년기를 보냈다. 대학교 1학년 고혈압으로 부친을 여의고 홀어머니 밑에서 어렵게 고시공부를 했다. 가난과 배고픔도 경험했다. 중도에 고시를 접고 낙향도 해 보았다. 초코파이 두 개와 자판기 커피 한잔이 아침인 때도 있었다. 서른 살 군 입대 아무것도 이룬 것 없이 병사의 신분에서 결혼을 했고 어렵게 고시에 합격했다.

2. 부끄러웠습니다.

참 부끄러웠다. 그에게 무슨 말을 해야 할지, 법대 아래서 "그럼 답을 좀 주세요. 판사님 같으면 어떻게 했을지" 막무가내로 엉엉 울어버린 피고인에게 해줄 수 있는 일이 없었다. 매일 술로 주정을 부리며 집안을 쑥대밭으로 만들어 놓고 집을 나간 뒤 17년이 되어 나타난 아비란 사람이 암으로 엄마를 보내고 홀홀 단신 군대에 입대한 아들에게 병원비가 없다고 사정을 해 기어이 범죄자가 되고 말았다. 목 말랐다. 그 무언가. 법복을 벗고 함께 시원하게 울어 버리고 싶었다. 왜 이렇게 사람들이 마음 아프게 살아가야 하는지 왜 이렇게 사람들이 버거운 십자가를 지고 살아가야 하는지 끝없는 질문을 던져 보았다.

사람들은 저와 동료들을 보면 고개를 숙인다. 모든 문제를 해결해 주는 해결사라고 믿고 있다.. 그러나 모 아니면 도 칼로 무를 자르듯 법적 재단사에 불과하다. 계부로부터 강간을 당하고 가출한 은희, 아들의 대학입시 원서를 얻기 위해 코치에게 몸을 준 엄마를 증오하며 사는 준호, 뺑치기 강간범 도영이, 그리고 왕따로 사회적 적응을 못하며 몸부림치는 해정이를 만났다. 수많은 사연 속에 만난 그들에게 해 줄 수 있는 것이 별로 없었다. 어쩌면 그들이 싫어 할 동정어린 눈빛으로 바라보는 것 뿐 이었다. 사실 아무것도 할 수 있는 일이 없었다.

3. 답답했습니다.

모두가 마음의 상처를 안고 있었다. 그들에게 근본적인 치유가 필요했다. 그러나 내가 할 수 있는 것이 아무것도 없었다. 아무런 지식도 없었다. 솔직히 답답했다. 실존적 인간의 삶에 대한 문제에 대해서 방황하는 이들의 갈증을 해소할 수 있는 것은 정신의학보다도 더 근본적으로 철학과 문학이었다. 그러나 인간에 대한 근본적인 물음과 사유물인 철학은 소크라테스, 스피노자 몇몇의 철학자의 이름을 아는 것이 고작이었고 삶을 노래하고 사색한 문학은 경쟁 속에 살아가는 내 삶과는 거리가 먼 영역이라고 여겼다.

4. 뭔가 잘못되어 가고 있지 않나요?

어느 때부터인가 이혼이 우리 입에서 너무 자연스럽게 나오고 있다. 심각한 사회현상이다. "이혼하면 되지 뭐 그리 구질구질하게 살아" 참 쉽다. 이것이 당당하고 자유스럽고 능력있는 한국의 신여성의 이미지를 담고 있다. 그러나 그 뒤에는 참으로 어두운 요소들이 도사리고 있다. 배우자, 자녀들 그리고 가족들이 이혼으로 상처 받고 왜곡된 정서와 감정을 가지고 제2의 그들이 되어 간다.

경쟁 위주의 교육현장은 선생님을 고소하고 왕따와 일진회가 판을 친다. 그 속에서 우리의 아들 딸이 너무 힘겹게 허덕이고 있다. 등교를 하는 아들의 눈빛에서 도살장을 향하는 암소의 눈망울이 떠오른다. 성적이 인격의 바로미터가 되고 성공의 디딤돌이 되었다. 1등이 아니면 의미가 없다. 과외를 위해 엄마는 노래방을 나가고 가사도우미를 한다.

식구가 머리를 맞대고 밥을 먹어 본 적이 일 년에 열손가락으로 헤아릴 정도이다. 아빠는 넥타이를 이마에 메고 아가씨들을 끼고 바이어를 접대해야 하고 엄마는 대형마트 점원으로 열시가 넘어야 집에 들어온다. 고1인 녀석은 영어 수학학원을 모두 마치면 새벽 한시가 된다.

재산에 눈이 먼 자식이 어미를 폭행하고 기어이 살해했다. 치매에 걸린 노모는 천덕꾸러기가 된다. 가슴이 먹먹하기만 하다.

5. 우리 사회의 현상

바티스타 몬딘(Battista Mondin, 2002)은 이러한 사회현상을 지적한다.

이성의 깃발을 크게 나부끼며 자신의 통제를 벗어나는 모든 것(신앙, 종교, 전통, 권위, 신비 등)을 추방해 버린 근대는 또한 이성으로부터 지휘봉을 빼앗아 의지에게 넘겨준 시대이기도 하다. 이 결과는 세계에 대한 인간의 지배, 사물들에 대한 그의 효과적인 힘이 이성(앎)보다는 의지(힘)에 더 의존하기 때문에 정당화되었다. 즉 계몽주의 시대는 이성의 전지(全知)를 선언하더니 그 다음에는 (합리성으로부터의 자유까지도 포함하는) 완전하고 절대적인 총체적 자유를 외쳤다. 일단 인간에게 이런 절대적 주권과 총체적 독립성이 보장되게 되자 근대문화는 '신의 죽음'을 선포하고 인간으로부터 편취하여 신에게 돌려줬던 속성들, 전지(全知)와 특히 전능(全能)을 다시 인간에게 되돌려줄 수 있었다.

그 결과 규범도 없고 경계도 없는 자유의 실행, 또는 그 자체가 목적이 되어 버린 힘의 발산은 폭력과 테러리즘, 그리고 '야만인'(homo brutalis)의 문화를 초래하였고 강제수용소, 굴락(gulag), 슬럼(slums), 파벨라스(favelas) 등의 설립을 가져왔다. 오직 권리만 있고 그 어떠한 의무의 규제도 받지 않는 자유를 위한 자유의 숭배는 인간 사회를 힘의 법칙밖에 모르며 소유, 힘, 쾌락의 본능들로부터만 행동하는 맹수들의 밀림(jungle)으로 바꾸어 놓았다고 말한다.

6. '상담'이란 오아시스를 만나다.

궤도를 일탈해 가는 우리 가정, 교육 현장, 사회에 미력하나마 힘이 되고 싶었다. 그러나 아무런 인문지식이 없었다. 목말랐던 나는 '상담학'이란 오아시스를 만났다. 상담은 병리적 원인 내지는 개별자로서 한

계성에서 오는 실존적 원인으로 말미암아 시들어가는 한 인간에 대하여 '인간사랑'을 전제로 그가 인간답게 홀로서기를 할 수 있게 협력하는 과정이다. 미국의 심리학자 칼 로저스는 비지시적(nondirective) 치료 혹은 상담으로 '내담자 중심치료 요법'(Client-Centered Therapy)을 주장했다. 그는 개인의 자율성과 통합성을 중시, 내담자 정서, 내담자 현재, 내담자 발언에 중점을 두면서 내담자가 상담과정에서 상담을 주도해 나갈 수 있으며 자신이 나아갈 길을 스스로 발견해 낼 수 있다고 보았다(Duane Schultz, 1982). 상담자는 내담자의 현재 모습이 아무리 바람직하지 않다고 하더라도 그 내면에는 반드시 선한 동기와 아직 발현되지 않은 잠재능력이 있을 것이라는 인본주의 심리학과 개인 존중 교육학에 기초를 둔 상담철학과 그 맥을 같이 하고 있다.

결국 상담은 현대인들의 복잡한 사회생활 속에서 심적 긴장과 갈등으로 인한 마음의 상처를 치유함으로써 한 인간이 참 자아를 실현해 나갈 수 있도록 도와주기 위한 사랑 실천의 학문으로써 상담자와 내담자 간의 공감(empathy) 및 상호 공감(interpathy)을 통한 라포 형성을 주요 테마로 하고 있다.

죽음, 이혼, 갈등, 비극 등 실존적 존재로서 유한성의 한계를 갖는 우리는 늘 외줄을 타는 광대처럼 실존의 문제에 대해 불안과 공포 속 일상을 살 수 밖에 없고 버거운 짐을 이기지 못한 내담자와 진정한 동행자 안내자가 되기 위해서는 진정한 자기 성찰이 전제가 되어야 한다. 그러기에 상담은 일방행위를 넘어 다차원의 교환행위를 통하여 내담자 뿐만 아니라 상담자 스스로도 진정한 자기 성장을 동반하는 일이기도 하다.

7. 이렇게 살고 싶습니다.

법조인만큼 사회의 병리현상을 많이 다루는 직업도 흔하지 않다. 파탄에 이르게 된 원인을 분석하고 이를 위자료로 산정하고 부부로서 재산형성의 기여도를 파악하여 한 푼이라도 더 받아 주는 것이 유능한 변호사일지 모른다. 그러나 왜 이 부부가 파탄에 이르렀는지, 갈등대처방법은 없는지, 재기 가능성은 없는지를 파악하고 파탄으로 인한 마음의 상처를 치유하고 다시 사회로 환원할 수 있도록 돕는 것이 더 의미있는 작업 아닐까? 그것이 곧 상담자적 법조인의 길이다. 이 두 길을 함께 걸어보려고 한다.

우리 사회는 그 어느 때보다 사법부와의 소통을 원하고 있다. 법정에 서는 국민들은 속 시원하게 말하고 싶어 한다. 그러나 재판장은 시간이 없다고 다그친다. 법적으로 의미가 없다고 진술을 막는다. 검찰도 마찬가지이다. 돈을 주고 산 변호사도 다를 바 없다. 법적으로 유의미하다는 것이 그들에게 무엇을 뜻할까. 그저 답답함을 말하고 싶었을 뿐인데. 그것이 전부인 그들에게 법조인은 법적으로 의미가 없다고 말문을 닫게 한다.

상담의 기본은 경청(傾聽)이다. 내담자는 자신의 이야기를 속 시원하게 이야기함으로써 자신을 정리하고 자신의 감정을 정화하는 작업을 시도한다. 의뢰인(내담자)은 소송에 승패에 큰 의미를 두지 않는다. 소송과정을 통해 보다 본질적인 문제가 해결되고 치유되었기 때문이다. 이것이 법조인이 상담을 병행해야 하는 이유이다.

살인범을 수사하는 검사나, 이를 재판하는 판사 역시 살인이라는 범행사실을 확정하고 이를 뒷받침할 수 있는 입증방법 등을 강구하거나, 칼로 무 썰듯이 법정형을 선고해서 사회와의 일시적 분리(分離)시키는 것은 분명 한계가 있다. 그에게 무슨 우여곡절이 있었는지, 말할 수 없는 아픔은 무엇인지 물론 법적으로 유의미하지 않다 하더라도 그것이 더 중요한 일일 수 있다. 사법절차와 전문적 상담이 병행할 때 병리적·실존적 문제로 인한 그들의 상처에 대한 치유를 통하여 완전한 재사회화가 가능하다고 본다. 메마른 법조영역에 상담이라는 희망의 씨앗 하나를 심고자 한다.